葵花走失在 1890

张悦然 ——

著

人民文学出版社

图书在版编目（CIP）数据

葵花走失在1890/张悦然著. —北京：人民文学出版社，2016
ISBN 978-7-02-011839-7

Ⅰ.①葵… Ⅱ.①张… Ⅲ.①短篇小说—小说集—中国—当代 Ⅳ.①I247.7

中国版本图书馆CIP数据核字(2016)第153280号

责任编辑　樊晓哲
责任校对　李晓静
责任印制　徐　冉

出版发行　人民文学出版社
社　　址　北京市朝内大街166号
邮政编码　100705
网　　址　http://www.rw-cn.com

印　　刷　三河市宏盛印务有限公司
经　　销　全国新华书店等

字　　数　175千字
开　　本　880毫米×1230毫米　1/32
印　　张　7.875
印　　数　1—20000
版　　次　2018年9月北京第1版
印　　次　2018年9月第1次印刷

书　　号　978-7-02-011839-7
定　　价　45.00元

如有印装质量问题，请与本社图书销售中心调换。电话:010-65233595

目录

- 001 毁
- 012 黑猫不睡
- 021 白白
- 028 这些那些
- 052 霓路
- 092 桃花救赎
- 106 心爱
- 117 葵花走失在1890
- 140 痣爱
- 150 纵身
- 157 赤道划破城市的脸
- 176 残食
- 180 陶之陨
- 184 领衔的疯子
- 194 这年冬天的家书
- 199 翅膀记得,羽毛书写
- 209 红鞋

毁

她

1

我的中学对面是一座著名的教堂。青青的灰。苍苍的白。暮色里总有各种人抬起头看它。它的锋利的尖顶呵,穿透了尘世。尖尖的顶子和黄昏时氤氲的雾霭相纠缠,泛出墨红的光朵。是那枚锐利的针刺透了探身俯瞰的天使的皮肤,天使在流血。那个时候我就明白,这是一个昼日的终结曲。夜的到来,肮脏的故事一字排开,同时异地地上演。天使是哀伤的看客,他在每个黄昏里流血。当天彻底地黑透后,每个罪恶的人身上沾染的尘垢就会纷纷落下来,凝结淤积成黑色的痂,那是人的影子。

我一直喜欢这个臆想中的故事,天使是个悲情无奈的救赎者,他俯下高贵的身子,俯向一个凡人。

可怜的人,荣幸的人啊,被猝然的巨大的爱轰炸。他们一起毁。天使在我的心中以一个我爱着的男孩的形象存在。天使应当和他有相仿的模样。冷白面色,长长睫毛。这是全部。这样一个他突兀地来到我的面前,我也可以做到不盘问他失去的翅膀的下落。倘若他不会微笑,我也甘愿在他的忧伤里居住。是的,那个男孩,我爱着。将他嵌进骨头里,甚至为每一个疼出的纹裂而骄傲。

围墙,蔷薇花的围墙。圈起寂寞的教堂。蔷薇永远开不出使人惊异的花朵,可是她们粉色白色花瓣像天使残碎的翅羽。轻得无法承接一枚露珠。蔷薇花粉在韧猛的风里无可依归。她们落下。她们落在一个长久伫立的男孩的睫毛上。他打了一个喷嚏。她们喜欢这个男孩,他纯澈如天使。

2

男孩被我叫做"毁"。

"毁"是一个像拼图一样曲折好看的字。"毁"是一个在巫女掌心指尖闪光的字符。

我对男孩说,你的出现,于我就是一场毁。我的生活已像残失的拼图一般无法完复。然而他又是俯身向我这个大灾难的天使,我亦在毁他。

"毁"就像我的一个伤口,那样贴近我,了解我的疼痛。伤口上面涌动的,是血液,还是熠熠生辉的激情?

他像一株在水中不由自主哽咽的水草。那样的阴柔。

他在落日下画各个角度的教堂。他总是从画架后面探出苍白的脸,用敬畏的目光注视着教堂,为他爱的我祈福。他动起来时,胸前圣重的十字架会跟随摆动,像忠实的古旧摆钟节奏诉说一种信仰。

男孩的脚步很轻,睫毛上的花粉们温柔地睡。

毁,我爱你,我是多么不想承认呵。

3

我讲过的,毁是我的一个伤口,他不可见人。

或者说他可以见人,可是有着这样一个伤口的我无法见人。

毁是一个爱男孩的男孩。他爱他的同性,高大的男生,长腿的奔跑,短碎的头发,汗味道的笑。

他是严重的精神抑郁症患者。时常会幻听。每天吃药。他会软弱地哭泣,他在夜晚感到寒冷。他是一个病态的画家,他曾是同性恋者。我们不认识。我们遥远。而且毫无要认识的征兆。他在一所大学学艺术,很多黄昏在我的中学对面画教堂。我们常常见到,彼此认识但未曾讲话。

我有过很多男友。我们爱,然后分开。爱时的潮湿在爱后的晴天里蒸发掉。没有痛痕。

我认识毁之前刚和我高大的男友分手。他讲了一句话,就坚定了我和他分开的决心。他说,爱情像吃饭,谁都不能光吃不干。

我的十八岁的爱情呵,被他粗俗地抛进这样一个像阴沟一般污浊的比喻里,我怎么洗也洗不干净了。我的纯白爱情,在他的手里变污。我做梦都在洗我的爱情,我一边洗一边哭,我的污浊的爱情横亘在我的梦境里,怎么洗也洗不干净。

我承认我一直生活得很高贵。我在空中建筑我玫瑰雕花的城堡。生活悬空。我需要一个王子,他的掌心会开出我心爱的细节,那些浪漫的花朵。他喜欢蜡烛胜于灯,他喜欢绘画胜于篮球。他喜欢咖啡店胜于游戏机房。他喜欢文艺片胜于武打片。他喜欢悲剧胜于喜剧。他喜欢村上春树胜于喜欢王朔。不对,他应该根本不喜欢王朔。

我的男友终于懂得送我蜡烛,玻璃鱼的碟子。可是我坚持我们分开。也许仅仅因为那个比喻。

4

三月,三月。毁给我一封信。靛蓝的天空图案,干净的信笺,只有一句话:

让我们相爱,否则死。我抬起头,像,像被捕捉的兽。这样不留余地的话,锋利可是充满诱惑。我的皮肤如干燥的沙土一般向两边让开。伤口出现。血新鲜。

我从三楼的窗口望出去,学校外面的街道上,毁穿行而过。衣服很黑脸很白,身后画板斑斓。脚步细碎而轻,手指微微地抖。他像深海中一尾身体柔软光滑的鱼,在我陡然漾起的泪水里游走,新生的气泡从他的身体里穿出。穿进我的伤口。然后破碎。

漾出的,满满的,是一种叫做温情的东西。我觉察到开始,开始,隆重的爱。我注定和这个水草般的男孩相纠结。

我生活在云端,不切实际的梦境中。可是认识毁以后我才发现,他所居住的梦境云层比我的更高。他从高处伸出颤巍巍的手,伸向我,在低处迷惘的我。并不是有力的、粗壮的手。甚至手指像女子一样纤长。可是我无法抗拒。

5

　　这座北方城市的春天,风大得要命。下昏黄的颗粒状的雪,刮到东,又吹到西,却从不融化。所以我仇恨这里的春天。可是我见过毁在春天画过的一幅画。春天帮助毁完成了那幅画,从此我爱上了春天。画上是这座教堂,在大风沙的黄昏。还有一个女孩的半张笑脸。未干的油性颜料,吸附了许多原本像蝶儿一样自由的尘埃。它们还算规矩地排列在了画面上,青灰围墙的教堂上面,变成了教堂用岁月堆叠雕砌起来的肌肤。其中的几颗爬上了画中那个女孩的脸颊,成了淘气的小雀斑。小雀斑的女孩眼底一片明媚的粉红色。她一直一直地笑。她从未笑过这么多,她从未笑过这么久,所以后来她的笑容就像失去弹性的橡皮筋,以一种无法更迭的姿势。还有一颗尘埃有着传奇的色彩,它落在女孩的右颊上,眼睛下。位置刚刚好。它是一颗偏大的尘埃,看上去温暖而诡异的猩红色。恰好演绎了她的泪痣。

　　女孩是我。像一朵浅褐色小花的泪痣千真万确地绽放在我的右颊。我爱着对面这个作画的男孩。我对爱情的全部向往不过是我的每一颗眼泪都可以划过我的泪痣,落在我爱的毁的掌心里。这将是那些小碎珍珠的最好归宿。

　　我相信泪水可以渗入毁的掌心纹路里。它或者可以改写毁的命运。改写他病态的、紊乱的命运,让我,爱他的我,贯穿脉承他的生命。

　　在我们彼此毁坏彼此爱与折磨后,画仍旧不朽,失控的笑容从画面上散射出来,像阿拉丁的神灯照得我的窄小的房间熠熠生辉。可是这是一盏力量多么有限的神灯呵,至多它改写了我的梦,梦里毁以天使的妆容,以新生的翅膀奋力飞翔。醒来的时候我的泪漂洗着枕头。没有毁的手,没有他的手的承接。所以什么都不可能再改写。

6

事实上我对毁的一切一无所知。我所知道的所有关于毁的故事都是他自己告诉我的。

曾自杀过。喜欢过男孩。有不轻的幻听症。没有固定的居所。有时很穷有时富有。信奉基督。

还有最重要的一点:爱我不渝。

我相信所有毁讲的话。那些我听来悚然的故事被我界定为他的前世,与我无关的惊涛骇浪,至多使我更安然地希冀毁以后的生命风平浪静。

毁在我学校外面的街道上穿行,在教堂高耸的围墙下穿行。时光永远是这样的一刻,无论他多么的不堪,可是我还是认定他是救赎我的天使,纵然残缺了翅膀,纵然失去了所有法力,甚至连自己的幸福都无法争取,他仍旧是他,以水草的洁绿拯救了我污水一样的爱情。

7

毁一直最喜欢的童话是《睡美人》。他当然并不曾把自己想象成魁梧的王子,但他还是很喜欢公主在围墙高高的花朵城堡中安详地睡着,然后王子来到。公主在梦里闻到王子身上微微的花粉芳香(毁说王子要爬过长满蔷薇藤蔓的高墙,所以身上一定有花粉香),就甜甜地笑了,双颊是绯红的。王子走近时,两颗心都跳得很快。然后他走近她。他犹豫着,她在梦里焦急着。终于他吻了她。他吻了她。花粉从他的脸颊和睫毛上落下来,落在公主瓷白的肌肤上,痒痒的。她在梦里咯咯地笑。然后穿过梦,醒来。

毁总是把童话讲得细腻动人。他曾经讲过许多童话给我听。我也会像那位公主一样咯咯地笑。可是他讲《睡美人》时很不同。因为他讲完便吻了我。

他吻了我。花粉从他的脸颊上和睫毛上落下来。落在我的脸上。痒痒的,可是我没有笑。我哭了。眼泪带走了花粉,是醇香的。我宁可我是在一个梦里,或者可以穿进一个梦,不醒。我在那个黑色夜晚,在那张白色脸孔前无助地哭了。他无比不安。他迅速和我分离开,可是他胸前的十字架钩住了我的衣服。藕断丝连,藕断丝连呵,我们注定这样。

他把十字架从颈上摘下,为我戴上。他说,你看,上帝替我锁住了你。

十字架的绳子很长。"十"字很沉。它沿着我胸前的皮肤迅速划过。光滑,冷澈。它繁衍了一条小溪。在我干涸的心口。欢快地奔流。

毁牵着我的手,穿过一片灌木丛,来到教堂的背面。闪闪发光的花翅膀的小蝴蝶惊起。我发现毁没有影子。真的。他的身后是一片皎洁的月光。因为他没有人的丑恶的灰垢。他干净得不会结痂。

8

毁把他为我画的画送去一个不怎么正规的画展。一些像他一样的地下画家,和狭小的展出场地。同一个夜晚,讲《睡美人》、亲吻、赠予十字架的神奇夜晚,我们约定明天一起去看画展。他们集中了所有的钱,印了些入场的票子。很漂亮,比我收集的迪士尼的门票还好看。

他在学校门口等了我一个下午。因为我们从未交换过任何通讯方式,还有地址。我们的每一次相见都是一次心有灵犀的邂逅。他把入场券给我。他说明天在这里等我。他要走了。这是一个无缘无故使分别变得艰难起来的夜晚。是什么,使爱变成绵软的藕丝,浅浅的色泽,柔柔的香气,摇曳成丝丝怅然。毁呵,我爱上了你,你是病着的,可是我来不及等你康复了,来不及,我已经爱上了,我是多么不想承认啊。

我们在路灯下道别,我强调路灯是因为我在灯下寻找他的影子。他干净得没有影子。

他问我借十块钱坐计程车,他身无分文。我递钱的时候前所未有地紧张起来。这是我们第一次有计划的约会。我怕我们明天错过。真的,彼此一无所知的人,从此失去下落。

我掏出一支笔,在钱的反面写上我的电话。他格外开心。他说,是吗,你肯留电话给我?他上了计程车。我们仍在道别。再见再见再见。我们讲得没完没了。坏脾气的司机吼了一句。他才关掉车门。走远。

我们还是断掉了所有联系。第二天他没出现。我在教堂面前等等等。等等等，黄昏时我抬头凝望天空中被教堂尖顶戳破的洞孔，我看到逃逸出来的血色。我怀疑我那没有影子却病着的天使身份的爱人已经从这里离开。

我对他一无所知。甚至名字。我去过大学艺术系。我细致地描绘他的样子。认识的人说他在半年前因自杀退学。从此杳无音信。

我只好赶赴画展现场。那是那个萧条画展的最后一天。不得志的画家早已拿着微薄的所得各自散去。剩下几幅代卖的画。我找到了那幅毁为我画的画。我想要它。可是没有人可以鉴定画里模糊的半张脸是我。没有人愿意相信我和毁从三月延续到九月的没有通讯地址和电话号码来维系的爱情。

我决定买下那幅画。它便宜得使我心痛。

我搬回了画。我常常在教堂围墙外观看。花朵或者天空。黄昏的时候在残碎的绯色云朵里想象那个出口。或者毁早已经由它，离开。

我的电话常常接起来沙沙地响，却没有人讲话。奇怪的是我总觉得沙沙的声响传播着一种香味。蔷薇花粉的香气。它维持我健康地活下去。

他

我在那个奇妙夜晚和我爱的女孩道别。那是一场我们宁可选择延续延续再延续的道别。再见再见再见。我们讲个没完没了。坏脾气的司机吼了一句。我才关上车门。走远。

她给了我一张钱。上面有她的电话。这是第一次，我们有了联系的方式。这对我很重要。我是个病人。我不敢要求什么，甚至一个电话号码。我吻她时她哭了，我在那一刻信心被粉碎。我的怪模怪样的病们瞬时全跳出来，幻听，妄想。可是现在她给了我电话，她邀请我进入她的生活。她的确爱我了。我欣喜若狂。我爱这个号码这张钱。

我忽然，忽然舍不得花掉这张钱。记载了她爱上我的一张珍贵的钱。车子已经开出很远很远了。我才忽然喊停车。我说我没有钱。我下车。司机好像喝了酒。脾气坏极了。他定定看着我手中的钱。他说你是有钱不付啊。我赶忙装起钱，说没有没有。他气急了，开始下车殴打我。我知道我完全可以记下号码，交出钱。可是你知道吗，我第一次想勇敢一点。我一直怯懦。我甚至喜欢过男孩。我强烈要求保护。

可是现在很不同。我爱一个女孩，发疯地爱啊。我在她递过电话号码时就决定保护她。所以我不能再怯懦。我决定拼死留下这张钱。

这是我生平第一次打架。我知道也许这是最后一次。我从不会打架。我的还击是那么无力。可是我仍坚持这是一场双方的打架而并非挨打。我们越打越凶。钱死死攥在我的手中。我是一个男孩，男子汉，我要开始学习保护我的爱人。这是我的第一课。

我发现了他晃出的凶器。他也许只是想吓住我，他晃得不怎么稳。刀子是我用过的啊，我曾用相同的武器自杀，所以我不怕。可是真可笑,我多么不想死啊。此刻,他一遍遍要我交出钱。只是十块钱。他一定是生气我慷慨激昂地还手了。他是我曾经喜欢过的那种很男人的男人,他们往往只是为赌一口气。从前我喜欢这样的人,后来我羡慕这样的人。现在,我也要成为一个这样的人。这是我的第一次唤起勇气的战役,不可以输。刀子进入身体,纯属意外。因为他的表情比我的还要恐惧。和上一次不同。上一次我知道我死定了。可是我活了。这一次,我知道我要活,可是血啊,流失得毅然决然。这是他不想看到的,他显然是个流氓,可他未必杀过人。他逃走了。他放弃了死人手中的面值十元的票子。

嘿嘿,我胜了。我身体里的血欢快地奔涌出来,庆祝着。我要死了。

六个月前我爱上第一个女孩。

六个星期前我为她画了一幅笑容延绵的画。

六十分钟前我吻过了她。

六分钟前我开始我的第一次打架。

六秒钟前我胜利了。

我还有一口气。我在我最后一口气里有两个选择。我可以记住还未开远的杀人凶手的车牌号,带着我仇人的信息去另一个世界清算。

可是我还是毫不犹豫地选择了记住我的爱人的电话号码。我未来的居所未知。啊,我飞了起来,那么快。好像芝麻开门的咒语,可以洞穿她纯真的灵魂。

我在人间的最后一个动作是展开我的钱。记住号码。

黑猫不睡

题记：晨木，墨墨一直在我心里绵绵不绝地唱着，
　　　你可能永远不会了解。

1

我站在绿成一片模糊的蒿草中，抱着那只喜欢望天的幼小的黑猫。我穿着白得很柔和，白得可以与云朵没有界线的长裙，纤细的白色流苏同纤细的绿色蒿草相纠缠。我身后是爬满野蔷薇的半壁墙。我有着与花朵很相称的新鲜的笑。

——这是一张晨木为我拍的照片。

其实我不算美，但是我认为自己很美。晨木也认为我很美。我想这足矣。

在这个下着大雨的午后，我回到了这个城市，回到了城郊的旧家。我撑了把艳橙的伞，在没有阳光的日子，用它的暖橘色慰藉自己。然后我就在距家五米远的电线杆上看到了这张自己的照片。雨水在我的那张脸上蔓延，微笑好像已经褪了色。一张寻人启事。是晨木在发疯似的找我。

这是一个对我很重要的女孩,见到请通知我。晨木在上面简单地说。

重要。我思考着这个词的意思。我承认我被这张寻我的照片感动了。我想丢掉伞,抱着电线杆痛哭。晨木淡淡的肥皂香味似乎在迫近,他可能在唤我。小公主,他说,继续相爱吧。

我不能。因为心里有一只猫昼夜不睡,不休地唱着。它是黑的,黑得叫人心疼和绝望。它是我的墨墨。它不是一只九命的猫,它只有一条命,而且它死了。它是我和晨木无法愈合的伤。

我没有将那张启事看完,转身,逃开。家里的墙壁保持着我曾经粉刷的天蓝色,透着无处不在的冷气。

2

我生活在一个男尊女卑的家庭里。我的父亲走路昂着头,声音洪亮。他从不挤公车,也不会去集贸市场买菜,他在愤怒的时候,会扯起我母亲的长发打她。但我的母亲依旧蓄着顺顺的长发。她穿着围裙抑或棉布衬衣,做复杂的饭,种一园子的花,被父亲养在家里,笑和哭都很淡。我在很小的时候就学会用恭敬和恭维的语气同父亲讲话,并在他爆发的前一秒逃走。

我养了一只叫墨墨的猫。她夜一般地黑,眼睛很亮,总是惊恐地睁大,很少睡觉。我想这样的黑色使我安静和沉沦。我带着她在夏日的蒿草里奔跑,在幼儿园的秋千上对着落日数秒。她是我体外的灵魂。

我的父亲在我第一次把她抱回家的时候就警告我,黑猫是不祥物,如果因为这只猫给他添了麻烦,他不会放过我。我和墨墨这两个小孩在低低的屋檐下生活得压抑而战战兢兢。我想这可能是墨墨极少睡觉的原因。

3

有着威廉王子式笑容的晨木住在隔壁,和我上同一所高中。他喜欢摄影和兵器杂志,喜欢穿牌子在左下衣角的T恤,喜欢天空、麦田和海。

但后来他说他最喜欢的还是我。晨木说,小公主,让我们在还是孩子的时候就相爱,步步走到终老吧。

从来没有人用小公主称呼我,我在家里、在学校里都更像一个没有资本发展为王子妃的灰姑娘。我揽着墨墨,惶恐地问,你也会爱我的猫吗,你会不吼我不骂我永远疼我吗,你会扯起我的头发打我吗,你会总让我穿着围裙,守着家吗,你可以给我一个热乎乎的家,并同意我把墙壁刷成蓝色吗?

他说,小公主,我会让你住在蔚蓝的宫殿里,穿一尘不染的长裙,把墨墨喂成走不动的小猪。

我喜极而泣。我想晨木将永远把我和墨墨裹在幸福里,我可以不像我那个正在家里给她男人换拖鞋的母亲一样,活得那么隐约。

我固执地养着墨墨,我固执地爱着晨木。

有一天母亲做饭时,我倚在门边,对母亲说,我喜欢晨木。母亲呆板地笑了。你得先学会做饭,带着油烟味的她说:这将是你的事业。

4

父亲骤然失了业。祖母染了不知名的病就死了。我在她的葬礼上对着这个为丈夫和儿子做了一生奴隶的老女人流尽了泪,也为我和墨墨的命运流泪。我的父亲像颗吐着火芯的炸弹,随时可能宣告我们的末日。

墨墨到了发情期,睡得更少了,在夜晚冥冥中睁着眼睛,凄烈地叫到天明。我经常带她出门散步,在心里念:墨墨,快些找到自己的爱人,你的叫声迟早会引爆我的父亲。

终于在一个死寂的夜,墨墨不休的叫声像刀锋割裂了我的肌肤。父亲蓦地从床上坐起来。他奔到客厅,然后是墨墨声声死亡边缘的叫声。我飞跑过去,我母亲的男人——我只有这样称呼眼前这个凶悍的疯子——正开了门,企图用脚把墨墨踢出门去。墨墨倒在门边,用爪子扒紧门不肯走。她的肚子被踢,她的头骨被踢,她的脊背被踢,她的尾巴一动不动,像根麻木不仁的绳子。她在一连串的踢打中不能睁眼、不能呼吸,她坚持不放开爪子,不逃离。她唯一可以做的只有流血。傻墨墨,快放开门逃命吧,这样的家不值得你留恋。固执只会送了你的命。

我立刻伏倒在地上去抱住那个可怕男人的脚,那只脚以惊人的频率踩躏着垂死的猫。那脚向后踢开了我,雨点般地一下下踢向我。我撞到了墙角,头颅像朵绝望中绽放的花。亲爱的墨墨,我或者也快要死了。我眼前越来越黑,我看到母亲在轻微地制止父亲,她带着犹豫和怯懦。我呼唤着晨木:晨木,你是超人,你来救墨墨啊。我在绝望中昏厥。我的梦里有黑得与夜没有界线的墨墨在唱歌。晨木抚着我的脸说,小公主,墨墨不会死,你醒来吧。

醒来时又是很亮的一天了。母亲守在床边,悲哀依旧是很淡的那种。我瞪着她,不敢问出那个有关生死的问题。她说墨墨没死,晨木在看着她。

墨墨依旧没睡。她躺的白色毛巾上布满深深浅浅的血迹。她团缩着身子,像朵开败的绒花。她的嘴合不上了,猫所特有的四颗锋利的长牙齿全断了,剩下参差不齐的血淋淋的牙茬。她从此哑了,她不会叫也不会唱了。她很难站立,前腿断了,小爪子在剧烈颤抖。她用血舌头舔着我的手指,脱落了毛的尾巴摇得像面投降的旗帜。我泪如雨下,小墨墨,你应该逃的,你还那么小,还没做母亲就伤成这样。

我转身扑在晨木怀里,我说:爱我,就带走墨墨。

5

墨墨被安顿在晨木家。她可以康复到一颠一颠地缓慢走路了。我们给她找来一只安静的白色公猫做配偶。残缺的墨墨很快怀孕了。

我无法逃离这个无能的母亲和残暴的父亲圈起的家。我不再跟父亲讲话,也极少跟母亲讲话。每一天我最大的快乐就是放学后去晨木家看墨墨。

晨木的脸色很暗,很像我的父亲。他的父亲出了车祸,肋骨被撞断了。他第一次从医院回来,就冷着脸对我说:大人们说得没错,黑猫只会带来厄运和灾难,你家人,我家人,甚至连她自己都逃不了。

我说,晨木连你也这么说,她只是只简单的猫,她没有魔力,她连自己也保护不了。你答应过我好好照顾她,如果你还爱我。

冬天到了,墨墨的肚子很大了。晨木的父亲仍旧不好。晨木开始冲着我大吼大叫,他忘掉了曾经的誓言,墨墨也已经成了他的负累。我开始像母亲对父亲那样对晨木。帮他做饭给医院的父亲,帮他安慰憔悴的母亲。我一声不响地任由他骂,扫起他摔的一地玻璃碎片。

在一个下着大雪的夜,我又梦见了墨墨,她开口唱了。墨墨还对我说,知道吗,我很累了,我想睡了。

第二天的清晨没出太阳,我在院子里扫雪。晨木走向我,面无表情地告诉我,他昨夜把墨墨赶出了门。我停下来,静止。我说,晨木,你在开玩笑吗,昨晚有那么大的雪,墨墨怀着孕,她没有牙齿,走路也走不稳,甚至连求救声也发不出——我知道这不是玩笑,我说着说着就哭了。我想了想,满怀希望地问,是不是她一直在门口没有离开,你今天早晨又把她抱进了房间?不是,晨木说,我昨晚抱着她去了很远的灌木丛,从那里扔下了她。我母亲说扔了她,父亲的病就会好。

同一个晨木,说要给我公主似的生活,说永远疼我,说要把墨墨喂成走不动的小猪。他是拯救我的神呵,他也一度拯救了我的墨墨。此刻的他,隔世的表情,扭曲的脸孔。我的晨木我已无法看清。

我乞求着晨木,这个胸中已无爱的人,带我去那片灌木。不然墨墨会冻死,或者饿死。

我就是想让她死。晨木说。

6

我找了很远很远,找了很久很久。墨墨像那场雪一样,化没了。我的王子也携着诺言随冬天远离了我。我永远是孤独的无法蜕变的灰姑娘。

初春,幼儿园开学了。一个曾见过我和墨墨的小女孩跑来找我。她哭了。她说幼儿园一个假期没有人,开学后他们在后院秋千边发现一具猫尸。她说好像是墨墨。

我又看到了我的墨墨。她撑开身子躺在化雪后潮湿的泥土地上。周围是小桃花般的一串脚印。她的身体狭瘦,肚子是瘪的——她应该生下了孩子。她周身布满黑色的蚂蚁,在吃她。她的身子早已被掏空了。眼睛也空了,蚂蚁从她的眼窝里爬进爬出。她死的时候应该依旧睁大着眼睛。

那个小女孩躲在我身后怯怯地哭,她问我,小黑猫是在腐烂吗?我蹲下来,像过去揽住墨墨一样揽住她。我说,腐烂其实一点也不可怕,我们活着,也一样在腐烂。人的一生其实就是一场腐烂。

墨墨没有找到回家的路,但她找到了我们常来看夕阳的秋千。好墨墨。

墨墨一直都不睡,一直都很累。现在她终于睡了。墨墨,在梦里穿梭的感觉一定很好吧。

我又在心里说,与墨墨非亲非故的蚂蚁在吃着墨墨,可是我最爱的晨木也在啃噬着我的心。我爱的男孩答应照顾我爱的猫,他照顾着她睡去了。

我的猫不是一只九命的猫,她只有一条命,并且她死了。

7

我的父亲很快有了新工作,有了很多钱。他得意洋洋地说是因为墨墨死了。

我还是用了他的钱,去了一个遥远城市的一所寄宿学校。那个城市从不下令我伤心的雪。

父亲也带着他温顺的妻子迁到了美丽的海滨。

临走的时候,我把房间刷成了天蓝色。一辈子,晨木都不可能给我一个这样蔚蓝的家了。

我没有同他告别,因为无所谓再相聚。

今天我又鬼使神差地回到这里。晨木早就搬走了,这里看起来像一片废墟,我甚至可以相信绿色蒿草里隐埋着坟墓。我把自己关在房子里,想念墨墨,也想念晨木。

下了三天的雨。我不能遗忘那张启事——王子没有忘记他的灰姑娘,他用一张照片代替水晶鞋在寻找她。我忍不住又去看那张可爱的照片和晨木留下的只言片语。雨水洗白了照片,整张启事缺了一半。但我还是看到至关重要的一行字:小公主,我找到了墨墨的孩子们,我一直养着它们。

那一刻我想可能雨停了,出彩虹了。是的,晨木还是有爱的,爱我,也爱墨墨。也许我永远都不会原谅他,但眼下我想见见他和墨墨的孩子。我在启事上寻找晨木的地址,只有赫然的"地址"两字,后面的内容都被雨水打落,不知漂去何方了。

我伫立在疯长的野草中间,幻听中的猫又开始了不朽的眠歌。晨木,我们还会相逢吗?

白白

1

那一天我走了三十五块台阶来到庞大的明亮里。喝彩声像糨糊一样从此粘住了我。

我看见自己斑斓的鼻子头上开出一段短暂的春天。再没有了再没有了妈的谁还记得。

从我成为一个小丑那天起,我的日子和所有都变细了。

2

小丑有过很多名字。他用一个褐色软牛皮的方形本子一个一个记下来。某年某月用过的名字。每个名字霸占一页纸外加他的一段光阴。小丑觉得他的名字被畜养成一些笨拙的动物,总是横亘在他稀疏的梦境里。这样这样的拥挤啊。

其实那些名字本是一些笨拙的名字。他在 A 城叫过毛毛在 B 城叫过翘翘。他最喜欢 S 城了。他们允许他自己选一个名字。他们说你自己决定吧,小丑。小丑的眼睛灼灼闪光。他说真的么真的么,可以自己决定吗。那天他又像是自己站在了演出台上。他等了一会儿，看到没反对他，小丑就赶快说我叫白白，不管我现在什么颜色我妈生我的时候我叫白白的啊。你们叫我白白。

小丑白白看到中间的位置那个穿得最厚实的人咂了一下嘴。他把烟也熄了。墙上的钟表跳了一大格。灯呢灯呢。小丑站在黑暗里面。他的后面被踢了一脚。他不能确切说出被踢的位置了，因为他是那么细无法确定部位。那个人是被环绕的首领。所有的人在他旁边。人们说他的女人叫白白。

白白是他逃走的女人。她走了呢带着三个包袱和一口锃亮的锅。

小丑没有叫成白白，可是他还是喜欢在牛皮纸的扉页上写这个名字。他写啊写啊，他觉得越写他就越白起来。可是他解释给别人说他是爱着一个叫白白的女人。他说了很多遍，最后他自己都以为他爱着那个背着锅夜行的女人白白了。那个现在仍旧流亡的满脸石头颗粒的女人。他想象那个女人走累了无助的样子。她忽然地停下来，像一只大鸟一样覆盖在一块石头上，再也不想离开的样子。她会流一点眼泪然后掏出锅，是锃亮的锅，把它翻过来。对着它，把自己的脸擦白。

3

小丑最近要解决一下名字的问题。他得决定一个名字。因为他什么也不想做了。

他想他要停下来了，因为他越来越细了。

整个八月他觉得他都在以一种类似蜻蜓的姿势飞翔。他觉得蜻蜓是他见过的最丑陋的动物。像一根赖皮的大头针一样嵌进天空或者是植物里。然而眼睛是肿的,包住眼泪不肯放出来。保留那么多干吗啊。

他太细了,细得可以这样轻易地跳上铁丝。他常常恍惚起来。是铁丝么,这样宽广啊。他觉得那是好看的铁路。宽阔的有磨得发亮的铁轨的铁路。火车开过。对,火车你见过么。可是小丑没有坐过。他喜欢火车上面冒出来的 圈 圈的烟朵。那是奇妙的花朵。小丑没有见过烟花的。他觉得是这个样子的吧。他唯一一次在D城表演的时候听到外面有烟花。所有的人都背离他和舞台跑出去了。他站在台上发愣。他想出去可是门被堵住了。他爬了很高。站在铁丝上看见灰灰的天的一角。一个角,带着倦怠的晚霞。是被什么玷污了的肮脏灰色。小丑觉得那是烟花了。服帖的白色和灰色。烂下去。就像火车上面的烟。他站在月台上想跳上去。他说他一定行的。铁丝都行何况这个。可是他一直仰视着,那么崇敬地看着。他离列车员不远。他看起来在比那个穿制服的更加尽职地工作。

很久之后小丑的心里酝酿出一个比喻:他说那是女人剪下来寄给谁的头发。柔软的嗞嗞叫喊的头发。

小丑记得在一场豪华的演出中他也曾经戴上那样的假头发。他觉得头重脚轻可是特别美。他悄悄扯下一绺那样的头发放在口袋里。是心脏上边的那个口袋。所以整个演出小丑都觉得非常暖和。小丑知道这是熊熊的草。可是小丑忘记那件华贵的衣服并不是他自己的了。

小丑脱下衣服的时候觉得胸口中弹了。

他一直一直想去看看铁路的。他想象自己站在那里握住曾经丢失的草,会点燃一个更久的春天。当然小丑随即对自己说再也没有了再也没有了妈的谁记得啊。

整个八月恍恍惚惚,小丑觉得自己走在这样宽广的铁路上。他当时的愿望理想全改了,他想停下修铁路。修理它然后观看它。小丑看见火车像蜥蜴一样的颜色暗下去。可是白色头发亮起来。叫声是来自一个美丽女人的,小丑深信不疑。明亮终于氤氲成一片的头发。小丑也终于喜悦地叫出来:

白白,白白。

4

小丑开始上瘾一样地喜欢走钢丝。他每天都在上面迎接他的火车和女人。他开始笑。

从前他不笑的。因为他计较着名字。他觉得那个报幕的人没有说小丑是白白。这是一个多么重要的事实啊。还有那些蠢货啊,他们花很多钱来到这里看,他们看完了都不会知道小丑是白白。所以他一言不发,嘴唇闭得很严实。他站在上面像一只颤巍巍的蜻蜓。他站在上面摇摇欲坠。

他一直闷闷不乐是因为他想要一个梦想。

梦想是个值得每个孩子每时每刻忧伤的念头。

他没有梦想所以想要一个。

小丑一直强调说,是一个就一个,我从来不贪心的。

多少次,他以为他一低头就可以捞起一个颜色养眼的梦想。是的啊,人们总是喜欢胡乱抛弃梦想。尤其是在这样的时候,他们太激动。他们抛弃了他们的梦想。马戏团真是个好地方。到处花花绿绿。气球向头顶飞,梦想向脚下掉。

五颜六色。小丑看见那些坠落的梦想坐在比较低的一排上面发愁。一个挨着一个发愁。小丑多么想顺手捞起来一个。他喜欢白的,当然。那个坐在那里也在发愁的白的梦想。

小丑想把它捞起来然后跟它说,叫那个叫白白的女人来。出来。过来。来。

那个时候小丑想他一定特别男人。喉咙非常坚硬。咚咚咚,小丑的声音像马戏团里最凶悍的男人手里敲的鼓。

女人白白来了。小丑想象只能到此了。他觉得那以后的幸福还要想象么。马戏团从来没有来过那样貌美的梦想。

可是小丑总是一味沉沦在他的铁路上,就错过了一个叹气的梦想。

小丑每一次从铁丝上下来都很难过。他低着头,他看见所有的梦想都已经枯死了。他有的时候会有多余的手绢。他就装走一个埋掉。

他忘记自己埋过多少个白色梦想了。他一个一个地挖坑。他说我不干了不干了。我等着白白啊。带着白白去看那些烟花样式的头发。

5

小丑觉得自己一直在细下去。

细得脖子里面只能插进一枝喇叭花了。真糟糕。

小丑决定不干了。他觉得这样悬着不好。他得站在地上。地上有掉下来的梦想,也可能有走过来的女人。

离开的时候,他忽然很被怀念。甚至可以说他已经有些名气了。人们说原来那个呢,他的表演很好看的。他会笑的啊。

小丑想告诉他们,那个是白白。叫他们念出来才好。

可是小丑决定算了。小丑觉得自己不干了一切就简单起来。

他不干了,于是真的就变得比他想的还要简单。

他那天站在台下的。他是白白。一直的白白。

他躲起来。

躲在黑里面。当人声沸腾的时候他听到梦想啪啦啪啦摔下来。光亮四射。他就冲向最前排捡到一个完好的白的梦想。

他哼了一首歌回家。歌也是简单的。手中的手帕很干净。梦想的心脏还在跳着扑棱扑棱。

现在大家都坐好啊我来宣布好消息。真的真的,那天之后不久,一个女人来找小丑。她带了行李。头发散着。当然小丑努力往她的身后看可还是没有看到锅。小丑不能肯定她是不是白白。

可是小丑叫她了。白白。

她是白白。她笑的时候微笑是有翅膀的。飞啊绕啊的。小丑被弄得天旋地转。小丑搂住她,说等了你好久好久。

小丑觉得不迟,刚刚好。我们去铁路那里。说着小丑看了看白白的头发。不是很好看的白色。也不够明亮。小丑吸了一口气说我们去找那些好看的头发。它们会开在你的头上。开成一朵花啊,你知道么感觉会是欲仙欲死。

奔跑。小丑的心里是奔跑。小丑从来走在小心翼翼里面。他不知道奔跑的好滋味。路很宽,白白的头发飘啊飘的。他要大声说我是白白。

小丑于是马上拉起白白的手。软软的藕荷色手指头。走啊。我们走啦。

顿了一下。

女孩白白看着他,慢慢念着,欲仙欲死欲仙欲死。突然她眼睛闪闪寄予希望地说,我得问问你啊,他们都说你可以在铁丝上做爱。是真的吗?是真的吗?

小丑白白脑子像火车开过一样轰隆隆地响了几下,他觉得一切仍旧在变细。仍旧在变细,更快了好像。

这些那些

1

我和小舞在傍晚时分到达机场。

樟宜机场是在东海岸的。我站得高一点,刚刚好看到太阳溺在了水里。黄昏在哽咽。有架飞机在奋力飞翔。挣扎着要离开。和云彩厮打在一起。绯色的余晖是搏斗的血。

天空是这样喧闹。

之前很久我们都在地铁上。城市到机场地铁要很久。从西边到东边。地铁上的人越来越少。后来只有我和小舞了。我显得很兴奋。很兴奋于是我们在地铁上拍照。我的姿势很嚣张。几乎整个人躺在了地铁的座位上。让小舞来拍。真的从来没有这样,坐只有我们两个人的地铁,可以叫,可以撒野。此时此刻我有一列长长的列车之家。有一个和我相依为命的小朋友:小舞。我于是觉得很满足,虽然心里很害怕。因为到了郊外之后地铁骤然快了起来,很快很快地在大片的黑暗和星星点点的光亮中穿梭,声音像一种令人疼痛的金属乐。我想挖隧道的时候人们带给石头的疼痛石头现在要归还给人了。

　　我们在傍晚的时候到达。我们要在机场过夜。我们没有要接的人，这里也没有精彩的表演。可是我们来了，从西到东，千里迢迢。

　　机场的星巴克会二十四小时营业。所有的店子都会昼夜不眠。我在这个城市里没有家，所以我喜欢把所有的地方都当成家。只要它还亮着。我觉得机场会是个很不坏的家，有很多灯，有很多和我一样没有睡去的人，热热的咖啡，会是我喜欢的 Vanllia Latte。我可以看到精神抖擞的欧洲人走下飞机，带着很少的行李，不慌不忙地要一杯咖啡坐下来。

　　我和小舞在机场过夜，我们夹在匆促的行人里，把自己想象成一个乘客。有一个目的地。

　　我渐渐觉得疲倦。可是我仍喜欢不停不停地对着小舞讲话。

　　我想小舞也觉得很疲倦，可是她仍然不停不停地眨着眼睛听着我讲话。

　　我们都还不想睡。

　　我对小舞说，我知道鱼疲倦的时候也是睁着眼睛的。或者它们知道自己一旦闭上眼睛就会有眼泪掉下来。所以鱼总是一张一合着嘴巴，其实是在打呵欠。

　　小舞说，鱼为什么会害怕流眼泪呢。它们在水里，眼泪被海水分享，谁会知道。

　　我过了很久才说，因为眼泪流过的时候会弄脏脸。

　　停顿。

　　看着。

小舞说,你的脸可真脏。

2

小舞,我仍旧喜欢哭泣。我不会抽烟,不会喝酒,所以就让我哭泣吧,这样我会觉得好许多。

小舞,我们都没有家,所以我们喜欢把所有的地方当作家。那么你的家是什么样子的呢?让我们来说说我们的家吧。

小舞,我原来所在的城市有一个湖,一些小山。一簇一簇的莲花。

四季是分明的。冬天可以看到大雪。我如果骑单车就总是会滑倒。我的家在城市的中央,在那个湖的旁边。湖边有个有大落地玻璃的意大利餐馆,透过玻璃可以看到湖里粉泱泱的莲花,如果是夏天的话。那是我常常去的地方。坐在湖边发愣。我曾在那里看见我的好朋友和她的男朋友出现。湖的旁边是图书馆。他们一起学习然后牵着手跑来。不买票,跑进来,笑啊他们。笑他们自己做贼而没有心虚。

可是他们恩爱这码事是发生在二十世纪末还是二十一世纪初呢,我记不得了。多久了啊,湖边总是有淹死的爱情,可是日子久了悼念的人已经很少了。

小舞,我家前面的街是那种曲曲折折的小巷子。那是这个城市里作为古建筑保留下来的唯一的街。很破旧,可是很骄傲。柳树、大木头门、泉水,还有对联。北方很少有这么温情的景象。穿过小巷子可以到达城市的商业中心。还有最大的书店。小舞,你知道么,我格外喜欢这条街。因为我和我喜欢过的男孩子约会的时候,我们总是会在书店门口见面。我必须穿过这条小街。每一次我总是迟到,记忆里是在这条小街里奔跑,满心欢喜地迎接周围人的目光。那时候我总是穿得很嚣艳。我喜欢的是粉红色和橘色,而且我总是拿它们来配一些深蓝或者是草绿的颜色。我喜欢绑一头辫子,背很大的双肩的包。穿长长的层层叠叠的袜子和很高跟的跑鞋。我那时候穿衣服总是很有勇气,从巷子里穿过的时候我可以感觉到周围人的目光。那是一种检阅。我觉得我是个引人入胜的孩子。于是神采飞扬。巷子那头等我的男孩子不停地更换。长头发的,单眼皮的,热爱学习的,会吹口哨的,上过报纸杂志的。唯一不变的是我飞快地在这条街上穿梭。小舞,很久很久之后的现在,回想起来,巷子那头等我的人是谁已经不再重要了。他们的头发、脸和功绩都没有这条巷子重要了。等到我长大之后才明白,我真正迷恋的是从我家到那个人身边的这一段路。它像极了我的一场表演,一场我精心打扮的演出。多么煽情。可是我怀念街上人的眼神,他们陌生地喜欢过我。

小舞,那个粉红色的小女孩比芭比胖一些。脸和芭比一样是粉红色的。裙子和她们的一样好看。她和她们一样等在一个地方,等着有人把她带走。

她的脸一点也不脏。她飞快地穿越人群,去见她的爱人。她知道她的爱人预备了很多赞美,在巷子的那一头等她。她觉得世界是很爱她的。

小舞,那真的是我熟悉得不能再熟悉的城市。我清楚每一家咖啡店的位置,我甚至记住了每一个卖衣服的店主的脸。所以不再有惊喜。可是我想一个人和一座城市的默契是多么美妙啊。有一家很小的咖啡店卖各种咖啡豆和咖啡壶。甚至把墙壁镶上了咖啡豆。进去的时候会有浓浓的香味。沉溺啊,呵呵。店主原来是在音像店调音响的。后来他说音乐就要杀死他了,所以他必须和音乐保持一段距离。于是他改为调酒和卖咖啡,顺便在自己的店子里放些音乐。这样他说他和音乐的距离刚刚好。他对我说其实调音响和调咖啡没有什么本质区别,都是一些不怎么高贵的艺术。他的咖啡店里总是有好听的音乐。他给我调配的整整一大马克杯的咖啡只收我五块钱人民币。我喝咖啡,他会在一边教我如何辨别咖啡豆。他会直言不讳地告诉我他的蓝山咖啡是假的。因为真的太罕见,太昂贵。

小舞,我格外喜欢星巴克是因为我格外喜欢那里的马克杯。现在我们花五块钱新币可以喝一大杯 Mocha,它让我想起原来的日子。

没有剪指甲的调音师,长长的指甲抚摩他心爱的咖啡豆和音响。

小舞,我们还没有去过这个城市的动物园。我们似乎都不怎么有兴趣千里迢迢去看一些麻木冷漠的动物。可是我曾经常常去动物园。尽管它离我们家非常远,动物也寥寥无几。我喜欢长颈鹿,喜欢狐狸。我觉得它们的眼睛长得格外好看。小舞,你相信么,有一类眼睛是有魔力的。它们甚至可以囚禁灵魂。我喜欢骑单车到郊外的动物园,径直去看长颈鹿。我坐在公园禁止坐的栏杆上,看它们吃草和调情。有时候我不是自己去的,会有一个男孩子站在我背后,静静地看着我,而我静静地看着长颈鹿。那个男孩子可能心里觉得我真是个无趣的女孩,可是他没有这么告诉我。他只是默默地,默默地,站在我的后面,使我相信他爱我。

小舞,那时候我觉得日子真是无聊,可是我却从未想过自己会离开。

在快离开的那段日子里,我开始一个人重新地,重新地看这个城市。我觉得我和他根本没有过什么默契。我们像一对走到婚姻尾声的夫妇,彼此忍耐着,终于我要离开了。

我在傍晚的时候去散步。走很远很远。走到城市东边的教堂,走到我已经没有力气再走回来,我就坐最后一班公车回家。我背一个很大很大的书包,走路急匆匆的。公车司机渐渐认识我了。因为他总是开这最后一班车,而我也总坐这最后一班车。他以为我是下晚自习的中学生。因为我的书包很大,表情疲惫。怎么看都还是个一尘不染的孩子。所以我在走回去的路上会去一个卖韩国卡子、帽子,还有信纸的小店买东西。我会买很多卡子,闪闪的攥在手里。那时候我的头发就已经长了,我喜欢在头发上别很多很多很花哨的卡子,这使我的头看起来像一个生机勃发的植物园。我以为我会永远喜欢这些璀璨的小玩意儿,可是来到这里之后我再也没有用过它们。我觉得它们亮得让我睁不开眼睛。你看,我的头发现在更加长了,可是我什么卡子也不要了。

但正如你看到的,现在我看到好看的卡子仍旧会买。我想送给我的堂妹。是的,我有一个很可爱的堂妹。她的睫毛很长,比我最喜欢的那个男孩的睫毛还要长。她很爱很爱我。她总是以为我什么都好。她从小就喜欢看我写的乱七八糟的故事并且赞美它们。那时候她的赞美对我是多么重要啊。后来我的故事被很多人看到,赞美多起来,她就变得隐约起来。可是她仍旧那么爱我。她会细心地留着我送给她的每一件礼物,小卡片或者一根蜡烛。她读很多很多遍我的故事,然后大声告诉我,她喜欢它们。如果 BBS 上有读者攻击我写的故事,她就会很尖锐地回击。她偷偷把我的小说寄去我想寄可是没有寄的杂志社。

她在我原来居住的城市居住,在我原来读书的高中读书,听我原来喜欢听的音乐,爱上我原来喜欢的那种男孩。

她来信说,姐姐我很想你,我梦见你了。我想人要记住一个梦是一件很艰难的事情。我觉得我常常梦见一个男孩子,可是醒来我记不住是哪一个了,还是我根本没有梦见过。然而我的妹妹告诉我她记住了她梦见的是我,那么她一定梦见过很多次。她爱我一定比我爱任何一个男孩多。

她的生活步伐使我知道我的城市还在继续运转。我一直担心我的城市停止转动。因为它是一个没有什么脾气的城市,很安静,太容易满足。我走的那个冬天,日子很慢,我很担心这个昏昏欲睡的城市就此沉睡过去。

我的北方城市。我和他决裂了。这是很冷的冬天,我无法挨过去的冬天。所以我逃走了。我丢下他,自己来到热带了。我的城市在冬天里慢慢漂浮,他说他过了这一季就和我决裂了。

雪化掉了。莲花开了。我回去的时候所有的景物看着我彼此发问:她是谁啊?

3

坐在机场里的星巴克,冷气很冷。我喝完咖啡开始喝牛奶。我在几个月的时间里迅速爱上了肉桂。甚至在牛奶上面洒厚厚的肉桂。

肉桂的味道和我身上的香水味道混杂在一起，很古怪。我的身上浓郁的香水味道是陌生的。它昂贵而遥远。陌生的香水味道像一阵总在我脸前刮起的冷风。来机场之前我和小舞去乌节路闲逛。我们试了很多种东西。试听了CD，当然我们也去试了很多种香水。我身上的Lancome的Miracle和ChanelNo.5混在一起，使我很妖冶。我们一个一个地试，就像小的时候到了游乐园，一个一个地坐大型电动玩具一样。

机场的前半夜是人最少的时候。星巴克的女侍开始坐下来吃她的宵夜。那是一块样子很好看的奶酪蛋糕，她给自己煮了一杯Espresso，开始看当地的报纸 *The Straits Times*。她在看一场演唱会的宣传广告。我和小舞都讲话讲得很累了，于是插上电源，用手提电脑放影碟。是《苏州河》。我又看到了中国的薄雾蒙蒙的清冷的早晨，还有我很久很久没有见到的骑自行车的人群。我觉得人群老了。比我走的时候老了。

周迅演的女主角和男主角的对话：

如果有一天我走了，你会像马达一样地去找我么？

会啊。

会一直找么？

会啊。

会一直找到死么？

会啊。

你撒谎。

……

我看到周迅桀骜的脸,微微抬起的下颌,在凛冽的寒风里露出对爱情的绝望。

爱情的确是一场场总是失败的寻找,因为我们都太容易彼此丢失。

我看到苏州河很浑浊。有人在打捞丢失的爱情。

我家门口的湖,泱泱的荷花和溺水的爱情在殊死搏斗。我再次回到那儿。我没有周迅的微微扬起的下巴。我喜欢低着头。我喜欢看见一只爱人的手在我前面。然后我无比喜悦地抓住它。那是我这一辈子的地址。

4

小舞,此刻我们在看《苏州河》。周迅跳进了肮脏的河流,她让男孩终生寻找她。打捞爱情,和刻舟求剑的故事真是异曲同工。

小舞,我忽然很想知道我是不是一个值得去寻找的女子。会不会有一个男孩说他会找我,到死。即便是一个谎。

可是小舞,不管怎样,我很想去找一个男孩。他会削苹果和种向日葵,会写好看的情书。我从丢失他的那一刻就开始后悔了。我每时每刻都想着,不行,我得去找他。我总是以为我在去找他的路上,我总是以为我一天一天地过是因为我在一天一天地靠近他。

小舞,我可能永远永远都在路上。

小舞,他不是你常常看到的寄信给我的那个男孩。他不是我打电话问候的那个男孩。他不是你在我相片夹子里找到的男孩。他是他。我觉得他一直生活在我的隐形眼镜上,你看不到他留下的痕迹,可是我看到的每一个影像里都有他。他是我独立制作的电影。是主角和主题。是叫嚣的信仰。就像上帝从不写信给我,我也没有办法打通电话给上帝,上帝更不会出现在我的照片夹子里,可是上帝仍旧是我的信仰。他在我的头顶上方伸出双手保护我。然而,小舞,我多么希望那个男孩也在我的前方伸出双手迎接我。他拍拍我身上的尘土。哦,是的,我风尘仆仆,因为这漫长的寻找。然后他领着我的手离开。

小舞,那个男孩会是你也喜欢的。大家都说他的脸和笑容很卡通。

他热情得要命。他见了你一定会说,你好,你是小悦的朋友么,我是焕。然后如果我们两个人交谈,他就会很安静地站在我们旁边,他不会走神,会眼睛眨呀眨地倾听。走的时候他一定会说很高兴认识你,然后说再见。他说再见的时候一定会挥着手。你知道的,我喜欢有礼貌的男孩子,讲话很从容,把笑容当成空气一样传播和接受的男孩子。

小舞,他是一个诗人。这个事实原来只有我一个人相信。现在我告诉了你,我知道你总是相信我的话,所以现在全世界一共有两个人相信了。他知道了一定会很开心。

看着我的时候他说,小悦,你有葵花一般的脸庞。

如果我们见面时在黄昏他会说,小悦,你看,落日小巧地别在了山坡的肩上。

我离开的时候他说,小悦,男孩再也不用浑身涂满花粉哄他的公主开心了。因为公主要远行了。

小舞,我要离开的时候居然很兴奋。我无耻的脸上流淌着一种草莓色的光芒。我以为这是一个我小的时候左手抱着芭比,右手拿着听诊器玩的游戏。我一直想着的是我得要一场很精彩的离别。因为我以为他就在前方,仍旧在前方,我离开是因为我要开始寻找他了。

小舞,我们没有去我喜欢的那个湖边的,可以看见莲花的意大利餐厅见面,再告别。我们没有去那个他常去的轰隆隆的,DJ 的脸像刚从缝纫机下面探出来一样千疮百孔的酒吧喝醉,再告别。因为我说,焕,我想去我们刚刚认识的时候去的那个小店,喝鸭血粉丝汤的小店。

那可真是个简陋的小店。坐落在我们中学的旁边。那时候我们刚刚认识,他在中午的时候来找我,说:出去走走。

真的是走走。走走,连话都不说的走走。

我们在学校旁边兜兜转转,就到了巷子里的那家小店。我以前从来不会吃鸭血这样的东西。我觉得我咬它的时候会有什么东西在冥冥中疼。可是焕的祖籍是江南的一个城市,哦,小舞,其实那个城市离你的家乡很近。他说我们吃这个吧,很好吃。

他说他自己都会做的。

我跟他进了那家黑糊糊的店子。从此我爱上这种鸭血粉丝汤。

就是这样,他刚刚认识我,说喜欢着我。带我走走。走走,然后带我喝了一碗鸭血粉丝汤。一个像线头一样细微的开头。

谁会期望一场华服盛装的爱情在这个可以轻蔑的线头背后呢？

那是我们的开始，我和他并排坐在一张靠墙的桌子前，面对着两碗热气腾腾的浓浓的汤。桌子上放的一种红红的辣椒调料格外好吃。我不停不停地向碗里加辣椒。焕说他从来没见过一个像我这样毫无禁忌地吃辣椒的女孩子。小舞，我觉得那是一种夸奖。于是从此之后我就更加热爱辣椒了。你刚刚认识我的时候一定觉得不可思议吧，你看到我在很深的夜里一个人躲在厨房里，我居然捧着一罐贵州出产的极辣的辣椒酱大口地吃。嘴唇血红。我那么纯粹地只吃辣椒酱。我不把它当成调味品，我想那是对辣椒酱的亵渎。除非它是给焕做的鸭血粉丝汤当调料。可是我永远都不会知道那汤到底有多么好的滋味了。

我和他，又并排坐在了那家小店，在我要离开的日子。是冬天。有大雪。我当然没有骑单车，我说过的，我在大雪天骑单车一定会滑倒。我不肯在他面前狼狈。所以我们步行了很久很久。冷，他把手套和围巾都摘给了我。我看着他的时候，看到大片大片的雪花顺着他灰色的衬衫领子落进去，不见了。突然很心疼。终于到了那家小店。我很失望。我太久没有来了。它在我记忆里已经生长为一个仙境了。可是我现在面对它，它仍旧和从前一样糟糕。只是更破旧了。它一定坚持不到我下一次回到这个城市了。我们在小店子里并排坐下，很拘束。我从半掩的门里看到锅里的水在沸腾，鸭血纷纷被抛下去。我们在等。他脱掉外套，那是一件棕黄色的条绒长风衣。有大的口袋和宽的腰带。带一点 Kenzo 风之恋的香水味道。可是那个无比简陋的小店里找不到一个合适的地方搁置它。我说,你给我穿上吧,我冷。我就穿上了那件条绒大外套。香水味道进入我的身体,那是幽幽的凭吊往事的一炷香。我立刻有了一个祭拜者应有的哀伤。

我蒙蒙中苏醒一点,我知道这不是一个可以从每天晚饭之后闲散时间随便开始的儿时游戏。分别是深楚的审判,我和城市早就决裂了。

我又从半掩的门里看到粉丝被扔进了锅里。我们继续在等。没有人说话。我看到大雪又飘了进来,仍旧落在他的衣服里面,顺着淡淡灰色的领子。我难过地哭起来。觉得哭是糟糕的表情。于是勒令自己停下来。我只好赶快问老板要了只碗,开始吃那种好吃的辣椒酱。大口大口地吃。他突然说,要是有一天你回来我找不到了,你就去那个叫阳朔的小镇。

阳朔好像是个在自由职业者中格外有名气的地方。应当是个有很多野猫和竹科植物的地方。夜晚野猫忙着叫春,竹子被风吹得沙沙地响,应当很热闹。

我心里很激动。可是我继续吃我的辣椒酱。我一边吃一边问,你在那里干什么?

我开一家小店,卖鸭血粉丝汤等着你。他说。

我拿汤匙的手抖了一下。辣椒粘到了他的条绒外套上。我开始找纸巾来擦。一边擦一边仍旧吃。我吃得整颗心都热乎乎的。

他继续说,我等呵等,等那个能把我整罐辣椒调料都吃光的客人出现。

我抬起头来。满嘴是辣椒。可是我顾不得了。我一直一直地看着他,对着他拼命笑。我知道有一种眼神是可以摄取灵魂的。老板从那扇门里走出来,端着两碗热汤。他站在我们中间。他放下汤,跟焕收钱。

他站在我们中间。正中间。刚刚好使我完完全全看不到焕了。焕也看不到我了。我真厌恶他,他使焕没有办法看见我的微笑了。我没有办法带走他的灵魂了。那个老板站在我们中间,好像有一个世纪。为了几块钱他站了一个世纪那么久。等到他离开的时候,焕看到我已经满脸是泪了。再也没有办法微笑了。

小舞,那次分别我很狼狈。我弄脏了他的条绒外套,也弄脏了自己的脸。

小舞,我从那一天就开始计划着去找他。像他说的一样,在一个寂寥的小镇上找到他,满脸胡子茬、穿着拖鞋的他。他抽一种很廉价的烟,可是手指细长,夹烟的动作很好看。我们站在白花花的太阳下,我一直一直地看着他,对着他拼命微笑。像一个高扬的小说的结尾,很圆满。那天我一定喝了很多他做的汤,肚子胀得再也走不动了,于是从此就留下来和他一起做汤。

小舞,可是他一直没有离开。他从来不想离开。他仍旧在从前的城市里,仍旧挂着他很卡通的微笑安静地生活。他仍旧是个礼貌热情的男孩。他长大了,更加好看了。他用比我昂贵的香水,衣服比那个冬天的条绒外套华丽。他过着一种蜜糖一样黏稠的安逸生活。

太黏稠了。糊住了他的视线。他不需要一个前方。

所以永远不可能了,他满脸胡子茬、穿一双拖鞋地出现在我面前。他一切都好,不需要我寻找。

哦,小舞,很糟糕,这是一场不需要寻找的丢失。如果他离开我们从前的城市,我会去找他,一直找。我一直在等着这个如果。它以一个微细线头的样子掉进时间里。

小舞,我心情不好的时候,我不喝酒不抽烟。我只是一罐接一罐地吃辣椒酱。吃完了,也许就会有一个人从我背后走出来。我就抬起头来,满嘴辣椒,赶快微笑。

5

机场的后半夜是如此寒冷。我和小舞看到星巴克的女侍换掉了她的绿色制服,穿上一件棉织的外套。我突然很想念我的毛衣。是要融化掉的柔软。我在茂密的热带森林里,我错过了我的冬季。我对不起我的毛衣。

这是一个周日的清晨。乖巧城市的安静清晨。我和小舞坐上早上的第一列地铁离开机场。去教堂。

像每一个周日的清晨一样,去我们的教堂。

不同于惯常的教堂,它不是一座被鲜花高墙围绕的城堡。那是城市中心的一座很著名的购物商厦。我们的教堂在那幢楼的顶层,是一个很适合用于庆典的大礼堂。唱诗的时候我看到一排锃亮的乐器在那个舞台上表演。从教堂侧面的窗子望下去,可以看到亚洲最大的喷泉。我看到明亮的水珠一串一串起起落落。这个叫做财富喷泉的地方好像永远有人在围绕着转圆圈。因为据说把手放在喷泉的水幕里,围绕着它走三圈,心里念着你的愿望,愿望就会实现。新年的时候,喷泉中央会站满人,人们紧紧地挨在一起,周围彩虹色射灯的光照在每一个人的脸上,我可以看见这个国度的人们无邪而满足的脸。很多的水浇在他们的身上。幸福像水珠一样触手可及。

那是新年的时候,我站在教堂的窗边看到的。我悄悄把手从窗口伸出去,想要碰到一颗水珠。

我想我和小舞都是很爱这座教堂的。它没有束缚和牵绊。唯有自由才使我们和上帝靠得更近。

教堂每个周日都会有四场不同时间的礼拜。我和小舞会来得最早。那个时候整个城市很静。上帝在那时候一定最有耐心听我们讲话。教堂的乐队很热闹也很出色。都是年轻人,有些歌会很吵。可是唱完之后大家的心情都会格外地好。领唱的女人总是穿黑色衣服,身上没有什么饰物,除了颈子上灼灼的十字架。连唇彩也是烟灰色的。唱诗的时候脸朝向上帝的方向,眼睛紧紧闭上。可是我看到她的牙齿随着每一个音符在闪闪发光。我迷恋她的样子。我想上帝也会喜欢她的样子。突然觉得她做着这样一个工作是多么幸福呵。

唱诗之后这座教堂的牧师缓缓走出来。他是一个英国贵族的后裔,漂亮的混血男子。他的头发乌黑,可是眼瞳是有一点忧伤的宝石蓝色。他喜欢说笑话,露出小男孩般的狡黠和笑容。

在接下来的大约一个小时是讲道时间。那个英俊的牧师会像一个老师一样地把上帝的话语教给信徒。他的右手里拿着一本《圣经》,可是他从来不打开看。他和那本《圣经》是相通的,他一直在那本《圣经》里生活。就像他所崇拜的那些上帝的门徒一样:约翰、路加、马克。

他讲的是完全没有新加坡口音的纯正英语。在刚来到这座城市的日子里,我几乎听不懂这里人的讲话,因为奇怪的口音。所以我很惶恐。周日的时候跑去教堂,我很满足地坐在前排听他讲话。他的话我可以一字一句地听懂。我那么认真地听,眼睛不离开地看着他。我甚至关注他喝水的小动作。我见过他和妻子、女儿的照片。他们一家人看起来像是从最温暖的壁炉里走出来的,带着火苗一样摇曳的热情。他们家一定住在上帝家的隔壁。

最后会有长长的祈祷。大家闭上眼睛,听牧师的话,心里默默地念。是很激昂的时间。总是充满一种忐忑的甜蜜。知道心事会被上帝阅读。知道会有明亮的快乐在前方。我总是有那么多的愿望。需要不停地讲,不喘气地讲。我右边的小舞总是很安静。很安静地好像没有欲望。我觉得她像我从前城市的清澈的泉水。有着悠扬声音的泉水。可是安静轻细到我无法捕捉。

祈祷结束的时候我们顺着人潮离开教堂。一次又一次。每一个周日的中午,站在教堂外面的市中心,明亮的午后使我很忧伤。惶惶地想念牧师英俊的脸和那些和上帝说的破碎的话语。担心讲得过分凌乱,上帝无法记住。

我看到一个头发稀少的小女孩把橙色的蛋筒冰淇淋掉在了地上。她哭了。巴士司机努力想赶上这次绿灯,可还是被迫在路口刹住车。妖艳的推销小姐的袜子划破了,她竭力把那只难堪的腿藏在后面。一只紫色氢气球在高空爆炸。红色夺目的法拉利瘫痪在路中央。一条短腿的瘦狗面对拥挤的车流焦虑地思索自己如何过马路。

生活中仍有这样多的失意。

6

小舞,你刚刚祈祷的时候讲了什么。想到了什么。我看到你笑了。笑容像一朵潮湿隐约的云一样清晰起来。

小舞,我祈祷了一个秋天。我很想念六神无主的秋天。叶子拥有泥土颜色的皮肤和分明的叶脉。它们有世界上最明媚的苍老。

小舞,我喜欢我们现在的信徒生活。我喜欢和你一起拉起手来祈祷。我喜欢我们用信仰来模糊过往,计那些爱和伤像去年吹灭的生日蜡烛一样,只记得它的那簇摇曳的光亮。它承载过的那些幼稚的美好愿望。

小舞,艾姐姐说如果我们在十一月份回家,就赶不上下次受洗了。你向往还是害怕做一个受了洗的信徒呢。我喜欢艾姐姐所描述的浸水礼。我觉得那是三种洗礼方式中最郑重的。从容地倒在水里。像一朵茎干柔韧的水仙。再起来的时候,迎来的是它炽烈的花期。小舞,我觉得我从水里站起来的时候可能会被明亮刺伤眼睛。我是多么地干净呵。我一定会很茫然,不知道应当做些什么。一直有一颗带着阴暗的恶毒的心,一直用它做着一些兜兜转转的狡猾的事情。当再度站起来的时候,那些统统一笔勾销了。脸上是寒武纪时代一样原本的微笑。

小舞,艾姐姐总是给我们讲她的朋友 Lee 的故事,那个她的教会里热情的 Bass 手。她说 Lee 原来是个杀人放火的混蛋。她说她是多么厌恶 Lee 这样的人呵。可是后来 Lee 皈依了上帝。他整个人都变了。艾姐姐说她记得那天 Lee 长久地站在教堂里。一个半明半暗的地方。她站在 Lee 的身后，看到 Lee 在黑暗中的影子就这样一点一点清澈起来。她看不见 Lee 的脸，可是她知道 Lee 已经以泪洗面。艾姐姐说 Lee 现在是个笑容炫目的 Bass 手。艾姐姐没有再说，可是小舞，我想你看得出，艾姐姐现在是多么喜欢 Lee 啊。

小舞，我甚至猜想他们之间的故事来着。猜测 Lee 是因为艾姐姐才改变。那该是一个多么俗套的香港警匪片出现过的故事啊。

小舞，艾姐姐过着我喜欢的生活。我多么向往啊。这个在教会乐队吹黑管的柔弱女生。每个星期她都在新加坡和马来西亚之间来来回回。我在努力地想象她家的样子。马来西亚的星山。她说没有吉隆坡繁华，可是是一个无比温存的城市。她在周末的时候回那里。她说她从前的中学校友都会回去。那是一个年岁很大的乐队了。尽管成员仍旧还年轻。他们快乐地又在一起了。

她为她的教会做了很多事情。她来到我们这些个陌生的女孩子面前，说，你们是刚刚来到耶稣面前的孩子么，我是来给你们上课的。这样你们可以了解自己的信仰。她就这样走近了我们。非亲非故。甚至根本没有认识的必要。可是她拿着厚厚的讲义重重的《圣经》来到我们面前，带着我们做祷告。每个星期，从不间断。

小舞，我们也可以变成她这么好的人么？

7

七月的雨水很充沛。我和小舞在很多场大雨里搬了家。我的头发贴在脸上，面对空空的房间，高高的楼梯，沉重的行李。它们高高在上。不知道为什么，我总是成为一些物件的奴隶。当我觉得那只沉重的箱子超过了我的能力,我默默地祈求它轻些再轻些。我祈求了一只箱子,我多么卑微呵。可是我宁可我和它暗暗地交涉,也不会祈求一个人来帮助。

我曾经希望一个男孩子来着。帮我,甚至只是看着我。我的"曾经"在哪个角落里休息。

我和小舞买了桃红色和天蓝色相间的床单。买了音箱和台布。买了煮咖啡的机器。第二天我们在墙壁上喷画。我们的名字,和天蓝色的鱼骨头。我们把整个房间喷得令人惊骇。然后我们睡在中间,很安详很安详。我们是信仰基督的好孩子,我们不怕任何鬼怪。

住的是大学的 Hall。房子好看极了。盖在高高的地方,楼梯狭窄,相遇的人必然会打招呼。我们刚刚住进来的日子,常常有舞会。在一个 Hall 的大厅里。大家穿得很光鲜。站在中央。我下来得总是很迟。几次是一个澳洲的男孩子好心地来叫我。他说你应该去的。

我知道每个人都期待。我就换了件衣服下楼去。仍旧是黑衣服。脸很白。拿着一串钥匙在手里摇来摇去。不屑,却看来很友好。长方的餐桌,大家一起吃饭。和小舞在靠窗帘的角落坐下。侧面的舞台上有表演。热情高涨的人群,各种花样的整人活动。我觉得他们是从哪里跑出来的,有这么多的能量跳动。我用我所有的力气抬起一只汤匙,吃下一汤匙辣椒调料。我没有怎么学会在那个狭促的舞池中央摇摆。没有学会那种挑衅的喝彩。我看着他们的高兴很迷惘。

午夜到来前我们会像灰姑娘一样逃走。没有什么遗失。因为我们根本没有邂逅过什么王子,也没有好心肠的仙女为我们打造一双水晶鞋。还好我们是两个。所以没有恶毒的继母来欺负。我们回去。回到我们墙壁骇人的房间里,安详地进入梦乡。我们共用一个枕头,或者还共享了一个美梦。

我的二十岁来临前,我拥有了一个叫小舞的小朋友,一间花哨的房间,一个像云朵一样温存飘忽的家,住着我的爸爸和妈妈。

再没有了。

8

小舞,我们住在一间房子里的那天,我跑去买了向日葵和草莓的种子。我把它们种在了我们楼下的空地上。你没有看到。你当时在和你的男孩讲电话。那个仍旧在你离开的城市里的男孩。那个给你写长长的信,甚至细致地附上图,来描述一只街对面的狗的男孩。那个因为太爱你而变得恍恍惚惚的男孩。

你们讲了什么,你有一点焦急。他生气了呵。他问你是否忘记了他。你觉得他不讲道理。

我轻轻地推门出去你没有察觉。我就去买了葵花和草莓的种子。我知道葵花和草莓,你和那个男孩曾经一起种过的。在你离开之前。在他家门前。然后他留在那里,继续照顾它们。他天天写信或电邮告诉你,那些小苗的成长。

他说,小舞,是向日葵先发芽的。草莓还没有动静。

他说,小舞,下了雨。我盖了一张塑胶布给它们,不会淋湿。

他说,小舞,对面住的那只狗今天跑来了,靠近我们的草莓叶子。

它好像吃了一些叶子。真可恶！我不会放过它。

我知道小舞你看信的时候很难过。你觉得他是怎么了？像发着高烧。总是混乱地念念不忘这一些。其实小舞你没有意识到你不也是念念不忘的么？你觉得那些草莓藤捆绑了你么？你说你厌恶了它们。

可是我知道你喜欢它们。你说草莓有着心脏的形状、颜色和鲜亮。像是一种从胸腔里栽种出来的果实。多么由衷。

所以小舞，我想种草莓和葵花在我们的门前。要你看到那些由衷的果实。要你回到他的爱里。

我已经种下好几天了。只长出一棵小小的绿色的小东西。听那个给我们打扫房间的婆婆说，草莓在热带是不能活的。真可惜。所以长出来的应该是葵花的叶子。我们在楼下经过的时候，我很想暗示你侧目。在你的右手边，有一小株葵花的枝叶。我等待着你看到它。

等待着你和那个男孩好好相爱。他继续种草莓和葵花，你天天读信，总是笑。

你没有看到，我最终忍不住告诉你了。

小舞，你的爱情和我的不一样。你的爱情是个由衷的草莓果实，它即使没有办法在热带生根，也仍旧活在原来的地方。好好的。仍旧在成长。

小舞，我的爱情是那年冬天在我的北方城市冷掉的那碗汤。大颗大颗的眼泪掉进去，不会有人愿意再把它喝下。

9

很多的夜晚是一个样子。我和小舞坐在我们的写字桌前。我们背对背,面对着电脑。很多的功课。后来我写了些乱七八糟的文字,跟几个网上遇到的人讲了几句你好、再见。其间和小舞一起出去散步。

那时候是凌晨三点。可是楼下仍旧热闹。有人问我们要不要一起吃东西。

我们去叫做 7-Eleven 的超市买冰冻咖啡。我带一根跳绳下去。一路上我蹦蹦跳跳。那是一根紫色的异常柔软的跳绳。比我国内从前的那根要轻许多。

她笑我这样肆无忌惮地在马路中央跳绳。

路边的小吃店仍旧灯火通明。有啤酒花的香味,可是奇怪的是,从来没有见到喝醉的人。这个干净的城市好像没有酒鬼。

我们越来越喜欢夜晚的这一段时间。我们开始把越来越多的事情放在这一段时间做。我在超级市场买了小张的卡片,我们绕路到邮局。邮局像一个小型花园,我一直迷恋那只光滑的邮筒。我想有个方向可以值得我写一张卡片,然后再绕路来这里寄掉是一件多么愉快的事情。我寄卡片,我们去自动的机器身边,投币,听它喀啦喀啦地打印一张崭新的邮票。

或者我们用这机器查询账单,交付电话费。两个年轻的女孩子在深夜里,合伙欺负一台机器,让它昏天暗地地工作不止。

和小舞在周末的时候去买衣服。买了蓝色扎染布的裙子,碎拼牛仔布的娃娃鞋,黑色蕾丝上衣,好看,可是没有任何约会。试了很多香水,却仍旧死守着自己原来心爱的牌子。中秋节买了花朵形状的月饼,放在冰箱里,忘记吃,烂掉,扔掉,留下布包的盒子放了礼物寄回去;谁也不知道。吃章鱼烧和饭团,然后彼此诉说对妈妈做的粥的怀念。去乌节路看每一个铜铸的不同花色的下水井盖子,也看行人。他们的衣服和身上都有很多洞,他们的头发使我懒得到动物园去探望孔雀。去听 The Cranberries 的演唱会。坐在糟糕的位置,可是呼喊得很疯狂。在大学图书馆借了蒙克的画册,再也舍不得还,不停不停地续借下去。

九月小舞过生日。前一个夜晚我把一只若干珠子盘在一起的手镯装在绣花的布袋子里,放在她的枕头下面。写甜言蜜语的卡片。她睡着了,我看见她透过梦给予我的微笑。

兜兜转转我悄悄看看楼下的葵花。

暗夜里金灿灿的那一片。

我踢翻了一只刚刚喝干净的啤酒罐,想在这里做第一个惊世骇俗的醉汉。

玩那根紫色跳绳。缠住了,醉汉摇摆。

鞋子把脚磨破了。很沮丧。回去换了小舞的鞋子再下来继续跳。忽然想到了什么,再上楼,把小舞枕头下面的卡片拿出来,添了一句话。

我说:小舞,你什么都好,我爱你的穿过梦透出来的微笑,乱蓬蓬的红色头发,还有还有你这三十八号的脚丫。

霓路

1

他在巷子口等我。表情相当严肃。他的背包很大,球鞋是新的。他说,走吧。

我跟在他的后面。我的裙子很长,牵牵绊绊。他的步伐很快,我几乎不能跟上。我的碎珠子的手链断掉了,珠珠撒了一地。我来不及捡了。我记得那是我外婆送的。我看到外婆柔软的深陷的脸在我的面前一闪而过。我连忙在心里向她道歉,我说对不起,可是外婆,我的幸福在前方等着我。

外婆,这个夏天我们是这样决定了的,我们要去远方。

我听见我的外婆在天堂里轻轻叹息。

2

我就这样跟着这个男孩子走掉了。是一个夏日的晴天——也许阴天,我没有抬头看。我发现自从我爱上这个男孩子之后,我四周的气温一直没有变过。

是那种有云朵的黄昏才有的气温。红彤彤的云彩,微微的冷。

我们牵着手,表情严肃。我觉得我的表情是过于严肃了,像参加自己的婚礼一样严肃。一草一木甚而一丝丝空气都在引领着我走向幸福。我对着我前方的幸福肃然起敬。我牵着一只手,我是多么信任我牵着的这只手呵,它给了我从小到大所有憧憬过的事物,城堡、壁炉、种满草莓和向日葵的小园子,或者还有一只不会打呼噜只会撒娇的猫。

我来说说我们未来的生活吧,小野。

小野在前面走路,没有听到,可是我已经开始在不断不断地说啊:

每天睡觉前他会给我讲一个故事,我可能因为对结果不满意而不肯睡去,也可能因为他不肯更改结尾而生闷气。背对着他不理睬,在天明前才慢慢睡去。手还抓着他的衣服不肯放。醒来的时候发现他在院子里给我的草莓浇水,猫已经被喂饱了。

在一个有河流的小镇居住。每个月固定的一天他会带我去城市的游乐园坐摩天轮,买香草味道的蛋筒冰淇淋给我,并且拍照留念。我喜欢那种举着火炬的胜利表情,喜欢那样的微笑。胜利啊,胜利地获取甜的味道。胜利的香草味也环绕在他的身边。这些都多便宜呀,是他只要能挣一点钱就可以实现的幸福。

……我和男孩小野在一个夏日黄昏离开。我们很快很快地去向远方。我们那珊瑚色的香草味的远方。我们那蜜糖一样黏稠、湖泊一样清澈的远方。我们刚跳上火车,就听到了火车的哽咽。可是我一点都不想哭。我想酝酿一点眼泪是很有必要的。我应该哭的,告个完整的别给我的城市,我们的城市,我和小野的城市。

我的妈妈她还不知道,她可能今天路过门口的奶茶店仍旧会给我买我喜欢的红豆冰。她会急急地赶回家,叫我出来吃。这一次,没有那个睡衣扣子都懒得认真系好的、带着猫一样散漫表情的女孩出来应她,用满足的表情吃下整份刨冰,其间她们会有一句没一句地说话。女孩说话的时候汤匙翘在嘴里,含混不清。她通常是很被动地回答一些问题。她的答案很简短,表情冷漠。她往往因为衣衫不整、把音乐开得声音太大,或者把房子搞得很乱而被数落。她有时候会还嘴,有时很安静,这要由她的心情来决定。等到妈妈开始做饭的时候,她就已经穿好衣服了,把头探到厨房里,说,我不在家里吃晚饭了,我和小野去散步啦。然后她转身就走了。她不知道妈妈这时候会不会很失望。她从来没有好好想过。她带上门,一蹦一跳地想着小野向着小野出发了。她看到路灯亮起来,她的夜晚到来。

我很后悔我没有向我的妈妈致谢。她成全了我和小野的这么多约会,直到最后导致我逃离,我竟然没有想要感恩。致谢之外或者我还应该致歉。生我养我对她来说简直是一场毁容。她的皱纹总是像春天的草一样繁茂生长。可是她仍旧有一种我无法靠近的尊贵与美丽。但我逃走的时候居然连一张她的照片都没有带。

我妈妈没有同意我和小野在一起也没有反对。她没有认为这个问题需要思考。她觉得那个男孩是我的同学,笑容软软的,头发竖竖的,安静得没有任何破坏能力。是小野的样子太具有蛊惑力了,我的妈妈以为他和我们家门前的一棵植物一样普通。所以我妈妈经常看到他却未曾给予一个隆重的眼神。我会在喝牛奶的时候突然说,小野喝牛奶的时候是必须加糖的,热腾腾的,混入蜜糖或者蜂蜜。我妈妈说他可真奇怪,像个没长大的女孩子。我在春天的傍晚拣了很多桐花回去。就是那些很普通的梧桐的粉紫色花朵。花片很厚,有着气息浓郁的汁液。小野管它们叫桐花。我于是也叫它们桐花。我妈妈看到我捧了一捧的桐花钻进房间。她看到我用我最美丽的玻璃雕花的瓶子盛放它们。她甚至看见我把昂贵的香水倒进去。她说这些花有这么珍贵么。我说小野说它们是身世最凄惨的花朵。因为它们生在最高的树上,所以跌下来的时候会受很重的伤——而且它们跌落的地方通常没有泥土只有柏油。所以它们没有办法渗到泥土的纹路里,所以它们没有办法顺利进入到下一个轮回里。我不知道我的妈妈到底听进去多少。她只是建议小野去数着桐花写童话。她说小野可以写童话为生。我妈妈肯定也有注意到我最喜欢的动物由优雅的长颈鹿变成了呆笨的小猪,我拒绝再看好莱坞的电影,却能对着老掉牙的日本默片坐上好几个钟头。我没有再买 Only 和 Levi's 牌的衣服,因为觉得它们太过于中性化了,我开始喜欢繁复的花边和层层叠叠的蕾丝。我想我的妈妈看到了我的这些变化,可是她不知道这意味着什么。她以为这些仅仅是我漫无目的的成长。

火车上很热。多数人在睡觉。这个拥挤的北方城市,每天有多少人这样走掉了呵。他们的远方又是什么模样呢?我看到送行的人远了。他们有的哭了。挥着手,可惜这只手无法触及行者的远方。

小野更换了一张 CD 机里的唱片,把声音开得很大就闭上了眼睛。我听得出那是他喜欢的 Cocteau Twins(孪生卡度)的歌。他喜欢那种有一点过时可是仍旧常常被提及的女人。带着即将更新的沧桑。我觉得她们的声音是一种袅绕的蛇。我喜欢她们可是我痛恨蛇。它们钻进了小野的脑袋，就再也不出来了。她们在那里和小野说话。七点过五分，小野，多久你没有和我说话了？

天渐渐黑了。我害怕起来。我用很微弱的声音叫我旁边这个还握着我的手的男孩。他没有反应。我在选择离开的时候就明白，在以后的大多时间里或许我都会这样孤独。我的手轻轻动了一下，感觉到了他的掌心纹路。三条线。延续着我的一个像纸声一样清脆的未来。我的手指沿着那条深楚的线轻轻滑下去，带着一滴眼泪闭上了眼睛。

3

天黑透的时候火车就要穿过北方了。我看到了郊外寂寞的石头和麻木不仁地吃着青草的绵羊。它们从来不会呕吐么？那么乏味的老去的草。被一群骄傲的蚱蜢遗弃的草。小野突然睁开眼睛问我是不是下车。我说好。我们不慌不忙地下车了。

是乡村。小野拿出相机来，给离得很近的一只绵羊照了一张相，然后给我照了一张，然后给我和绵羊合照了一张。我对那只瘦骨嶙峋的绵羊并没有什么好感，所以我照相的时候离它很远。但是我相信小野可以把我们照得很美，无论是我还是那只羊。

小野拿出一块桌布铺在山坡上。我第一次见到这块桌布。是明黄色的向日葵图案，在这个没有星星和月光的夜晚有一点刺眼。我说是你特意买到的餐布么。

他说是。他说你是喜欢向日葵的不是么。我担心我们见不到向日葵你会想念。

我看着大朵的向日葵笑了一会儿。它不是太阳。

向日葵说:让我看到太阳,我就再度明亮。

可是你知道么,我已经很久没有看到太阳了。

小野带了一点苏打饼和香槟酒。他用小的音响放了一点 P. J. Harvey 的歌。是 Dry。我对那个美丽女人的印象是她闪着大眼睛带一块头巾的样子。我很满意她的这一形象,很乡土,和此时的气氛很相称。可是那个女人一刻也没有安和过。她其实早已不乡土。

我突然觉得这很像我小的时候年年都参加的春游活动。事实上也许小野也仅仅把这当成一次春游。他的世界里,任何复杂的东西都可以抽象成最简单的童话意象。私奔可以抽象成一次春游,而我,或者仅仅像是他小的时候牵在手里一直没有松手的布娃娃。

小野看看我的脸说我的脸红了。颜色就像一种和甜水差不多的酒。我的脸真的红了。他走过来,亲了我一下。我们在一起很久了,可是很少亲吻。他的嘴唇碰了碰我的嘴唇。很轻很轻,很快地分开。我们都是很寡欲的人。我们都有一点洁癖。如果拥抱很紧,出很多的汗是会把彼此弄脏的。我们现在洗澡有点麻烦。喜欢一个人就不要给他添麻烦。

我们靠在一起,在大餐布旁边昏昏欲睡。残剩的酒氤氲在周围的空气里蛊惑人心,使没有醉的人想醉。我轻轻问,小野,你能养活我么?

没有回应。我想他睡去了。隔了一会儿小野才说,你说什么。

我说,没有,我什么也没有说。

半夜的时候我和小野都醒了。小野看到我身上被蚊子咬得开出很多粉红的小花。他说他忘记了带花露水。他眼睛定定地看了我一会儿,起身去取东西。他把 Kenzo 的香水涂满我全身。我知道那对我们来说,是很宝贝的东西。叫做清泉之水的 Kenzo 真的是像水一样洒在我的身上。

远处有狗叫的声音。是不是被过浓的香味吵醒了?

第二天清晨我和小野回到车站。我们买了票就回到了车上。我们根本不知道昨天晚上为什么要下车。今天又为什么重新回到车上。

车向远方。我看到小野拿出一盒彩色铅笔开始画远处的风景。我不知道他能否把风也画上,因为此时此刻我只能感到劲猛的风。风吹乱了我的头发。我意识到我的形象是多么潦草。

我觉得我的青春纵身一跳,消失在一个没有名气和回音的山谷里。

4

更多的时候,我觉得我应是小野的一个助手。他必须逃走是因为他需要自由地热爱油画,热爱摄影,热爱音乐和文学。我想我是乐意陪他一起去热爱的,因为我是爱他的。所以他带上我走了。他带上我走了的前提是我非常乐意陪他一起去热爱。他爱我的前提是我不仅爱他而且爱他的那些热爱。

我其实并不是很清楚小野具体要做些什么才算实现了他的梦想。我也不知道我可以帮上他什么。我没问。我什么都没问。小野你有多少钱,小野你要以什么为生?

我只是害怕小野中途放弃他轰轰烈烈的计划。那么我们就要掉头回去了。我们回去也许就不能这样安安静静、干干净净地相爱了。我们大家都会变得很世俗。他会因为大家剥夺了他纯粹地热爱艺术的权利而恼怒。那样,他就根本没有心情来爱我了。真糟糕。所以小野应当和我义无反顾地走下去。我想我必须乖乖地、好好地和我的爱人相处,不管他要做点什么事情还是干脆没有事情可做。

我的确相信小野可以在文学、音乐、电影还有绘画中的任何一项中杰出。他的浑身上下都有一种轻蔑的智者的味道。这使他永远都不会发霉腐朽。他永远都会是一个初生的小孩。每一根汗毛在阳光下闪着粉红色的莹莹的光,有着香草的芬芳。我知道小野很小的时候就很擅长写悲情文字。他最小的时候先是写小鱼的故事,一对鱼,是食肉的小鱼。他们是夫妇。他喜欢吃他的同类,他吃光了鱼缸里所有他的同类,最后只剩下她了。她是他的新娘。她的美丽和温顺起初使他很不忍。可是他最终还是咬死了她。咬死了。她的满月般的鱼身子变成了尖尖的月牙,溢着冷冷的光。

那是小野的处女作。我知道曾经有很多小女孩被小野的这个故事弄哭了。她们吸着鼻子,抽泣着问:这,这是真的么?小野耸耸肩,笑得很轻蔑,带着那张写着他的故事、沾满女孩眼泪的纸走掉了。

我想他有这样的爱好,他喜欢把女孩弄哭。他其实有一点瞧不起被他弄哭的女孩子。他觉得她们很幼稚。可是他又是多么地需要她们呵。如果没有她们的眼泪他的文字就会一文不值。他的最初的文学幻想就永远没有机会由一只毛毛虫长成斑斓的蝴蝶。他可能就永远不会有想飞的欲望。

那个时候他还不认识我。所以还好他没有机会讨厌上我。

我知道小野的这一段历史,他一直很有名气。他一直有着蓄势待发的锐气。

后来小野开始写小猫的故事。小猫的故事被纠缠在一个爱情里。爱情因为小猫的死亡而告终。那个故事是我看过的有关小猫的最动人的故事。这一次又有更多的女孩子哭泣。有些人把故事放在枕边,有些人抱着自己的小猫像到了世界末日一样地哀伤。

我想小野天生就很适合编造爱情故事。他就是太适合创造那些故事了,使得他对爱情很轻蔑,没什么激情。爱情就像在他每天经过的路上坐落的一座宏伟的建筑物一样,他天天路过它,太清楚它的外部形态和内部结构,以至于没有了丝毫想要进去的欲望。他仍旧常常路过,常常看到好奇的人们在门口张望,带着对爱情无比的热望,他觉得好笑。

那篇猫的故事使很多人认识了他。这个无论在多么糟糕的状态下都流露出一种居高临下的姿态的男孩。他不喜欢客套和寒暄,常做的动作是用一个模糊不清的笑来回答问题,或是话没说完就掉头走掉。他的脸色很白,有虎牙,手指细长,曾用来练习过钢琴,怎么看都很女生。我第一次见到他的时候觉得他长的是时下很流行的一副样子。

后来他就开始写人和人的爱情了。故事总是悲剧。那些人总是没有道理地分离或奇怪地死掉。人们都以为男孩小野是在爱情里长久居住的孩子,人们也以为小野把爱情看得至高无上。可事实上在我出现之前,小野的生活里根本没有爱情,爱情只不过是他路过时懒得侧目的静物。

5

我出现的那个春天小野在研究油画。他喜欢着文森特·梵高。他喜欢过一大圈子的画家,最后重新回来喜欢梵高。他说文森特的脸上有红色的雀斑,眼睛底下是被火烧烫了的赭石色。是个可以分辨出来的分明的男人。

小野很喜欢说:分明的男人。

小野在学习油画之前还分别学习过钢琴和吉他,还有摄影。他觉得对于它们他都喜欢,他从未舍弃,可是他只是想一一接触它们,它们对他是一样地重要。当然还有文学。它们好像都和小野发生过无比绚丽的爱情。

可是在别人看来这个男孩的确不知道他想要些什么。看起来他在不停地灰心和放弃。他在不停地变换方式糟蹋着金钱和时间,还有爱他的人的热切期望。

小野开始遇到很多环境带给他的麻烦。他想飞的时候发现翅膀一边生长一边变得异常沉重。他开始了一个艺术家和环境惯常发生的矛盾和斗争。尽管他还不是一个艺术家。他什么都不是。小野开始觉得他和艺术相处的时间越来越少了。他决定改学油画的时候全家人都反对。他变得很无赖地张口要钱,他的很优雅的形象被毁于一旦。

小野常说他迷恋梵高就是因为梵高和他一样是个无赖。

他说他比梵高样子好看,可是比梵高更让人生厌。

小野在那个春天穿瘦瘦长长的黑色衣服,棕色皮鞋是他在一个皮制品店里订做的,样子有一点可笑。他走路的时候很小心。事实上他已经开始畏惧这个世界了。他知道他是一只濒临灭绝的动物,可是没有人会来挽救。

小野除了热爱他的艺术之外什么也没有做。他甚至懒得碰烟卷,也觉得从喝醉到清醒的过程是浪费时间,但他还是变成了一个很不受欢迎的奇怪男孩。他没有什么朋友,尽管男孩们经常惊喜地在他那里发现珍稀CD,女孩子们仍旧会被他的小说弄哭。可是小野一点都不属于校园。他在一次语文考试的作文中写了一个感人的故事。整个故事是一个未成年女孩的一次流产手术。他说那女孩的身体在明亮如昼的手术灯下绽放如花。女孩就忍着疼着笑了。小野对他的这段描写相当满意。他是太满意了以至于他在后来的那一堂讲评作文的课上居然冲动地举起手来要求读那一段作文。事实上这的确应当归罪于那个蹩脚的语文老师。他从来没有重视平日里博学好问的小野同学。

他没有认真地看他的作文。他不知道他写了什么。当小野站起来要求念一念的时候那些邪恶男生们在怂恿地喝彩。这位老师就允许小野念了。等到小野念到"那女孩的身体在明亮如昼的手术灯下绽放如花"的时候老师才回过神来。他急急忙忙勒令小野停下来。他的脸色很难看地看着其他同学,额头上冒出一层细碎的小汗粒。然而这件事情仍旧造成了很坏的影响。胆小的女生居然被吓得脸色苍白,第二天有一个女孩子的妈妈来到学校声讨这位老师和可怜的小野。

可是在承认错误的同时小野坚持那不是他从什么地方抄下来的,而是他自己写的。

小野喜欢他自己那些骇人听闻的故事。他用这些故事把自己和这个气味浑浊的世界分开。他也果然做到了分开,他一直都是孤独的,不管他是否愿意。女孩子们觉得小野是一个深邃的洞穴,她们喜欢洞穴以及洞穴里面的传说,但没人会因为迷恋传说而决定进去居住。所以没有女孩会爱上小野。除了我。

我好比举着一块硕大的横幅出现。呼吁全世界的人挽救小野这只绝境中的珍奇动物。

我一直喊一直喊。被这个动物吃到了他的体内我都不知道。直到整个天幕暗下来我再也看不见任何人。

6

小野背了大的书包穿了结实的新球鞋,站在我家门口等候。看到我他就说,走吧。神情严肃。我就紧跟在他的身后钻进了暮色里。

我觉得自己很可悲。世界里好像什么都没有了,我唯一能够做的是屈从于我面前的这份爱情。我对着小野发出邀请。邀请他进入他常常路过的这座名为爱情的静物。并且让他永远在此居住。

我认识小野的春天,小野来到我朋友新开的酒吧,他给我的朋友带来几幅画面奇怪的油画:几朵脏兮兮的云彩像污垢一样粘在黑锅一样的天空上。一个仰望天空的小男孩流着水蓝色的鼻血。在寂寥的沙漠中央有一只样子猥亵的猴子在起舞。

我的朋友也勉强算是他的朋友,一个欣赏他的画的朋友。

我记得我当时坐在一个靠近窗户的位置。从那个时候我就开始忘记天气了。应该是没有皱纹的早晨。可以看到我朋友在二楼阳台上放的小盆的植物在四月的好天气舒展身体,它的花粉熏得我的鼻翼一动一动的。我穿了一件尖领子红格子的衬衫。外面套了一件像黑白花的小猫咪花纹一样的长绒毛的毛线背心。还有橘红色的皱皱巴巴的长袜子和黑色条绒的裙子。我的半长不短的头发很麻烦地编成了很多个系有彩色毛线的小辫子。

我记得那身衣服其实是很不舒服的。我总是低头去拽我的袜子。软软的袜子滑下去了。裙子皱了,头发松了。我那个时候多么介意。

小野后来说,我是他在那个明媚春日里捡到的一个很好看的娃娃。

我在小野若干篇文字里看到一个相同的句子:某某某长得好看,像个娃娃。这是他形容美丽的最高境界了。我很满足。

我当时的处境比一个坐在路边哭泣的娃娃的处境稍微好一点。我坐在房间里面。衣服虽然滑稽可还算体面。然而我看起来很忧愁。其实我只是在长大。长大的过程太过平淡和乏味了。所以我无端地忧愁。

我的眼睛大大地睁着,看着小野走过来。我觉得他好像格外高大。我被完全地覆盖在他的影子里。我白白的脸暗了下去。从此暗了下去。小野,你让我再见到阳光好不好啊?

小野后来说,那时候我的眼睛里有一种恐惧。那种恐惧充满了诱惑力。我是个在眼睛里种了芬芳花朵的姑娘。

他那天讲话很多,而我很安静。我只是埋藏在我新生的恐惧中,好奇地看着充满危险的他。他使我的朋友很不高兴。因为他的建议太多了。

他说,你应当更换掉所有的花瓶和花。怎么可以用这么繁复的花瓶。怎么可以插塑胶花。插一株麦子都会比这样好看。他说桌布换成单色的吧,格子的显得乱糟糟的。他说音乐太难听了,为什么不放我从前送给你的唱片呢?

我的朋友脸色很难看。他说有个摄影师会来拍他的酒吧。他得认真招待他,因为照片会刊登在下个月的时尚杂志上。然后我的朋友就下楼去了。留下我和这个很有想法的新锐画家。

可是我觉得小野说的对极了。我心里很高兴。因为我像他一样厌恶塑胶花朵和那些能刺伤耳朵的口水歌。

那天我和小野在酒吧的二楼一直坐着。我们以几乎停滞的速度交谈着。后来我们决定下去看看那个有名的摄影师在拍些什么。他在拍蜡烛和鸡尾酒。蜡烛总是熄灭,摄影师的头上全是汗。我们站在一个角落里。我听到我身后的小野轻蔑地笑了。

我们重新回到二楼。终于我主动开口讲话了。我说,你觉得他拍的东西很俗气是么?我听见他轻蔑的笑声了。小野惊奇地看着我,眨眨眼睛说,如果是我,我会把你也拍上。你看到过《查泰莱夫人的情人》的封皮么?就把你拍成那个封皮上的模样——低着头,头发从两边纷纷垂下来,只看见鼻子和眼睛的阴影,手里是一枝没有开的花。杏色的花。手上是血,斑斑的血。因为花茎上都是刺。可是手仍然紧紧地握着花。花好像在渐渐开放。而血液在缓缓流淌。

我过了很久才用沙哑的声音说：是的，很好看。

那真是我成长中无比重要的一天。我学会了无比安静地去赞同一个人。像一个橱窗里的布娃娃一样平和而优雅。我想跟他走。那会使我的整个冗长的青春有趣许多。

我和小野常常在我朋友的酒吧坐着。直到我的朋友和小野绝交。因为我的朋友迟迟不肯换掉塑胶花和口水歌，而他的客人又少得可怜，小野觉得二者密切相关。他很有耐心地想要说服我的朋友。我的朋友终于忍无可忍地说，你以为你是画家还是诗人？你什么都不是。你只是个自以为是的无赖。我希望你以后再也不要出现在我的酒吧。

小野终于什么都不再说了。他只是用一种幽怨的眼神看着我的朋友。一刹那他失去了所有的骄傲。他被刺伤了——事实上他是很在乎我的朋友的。他安静了。整个房间都安静下来。小野肯定自己什么都不是是一件多么可耻的事情。他站起来。他走了。我看到了一个脆弱的小野。看到他微微倾斜着身子，好像再也无法承载自己沉重的理想。我得跟他走。

我的朋友看到我慢慢站起来。跟随着小野。走出去。那一刻我的朋友也被刺伤了。他在很长一段时间里都忍受着小野。他在每一次要和小野争执的时候都适时地离开。

他忽略了我的存在。他不曾想到我会成长为一个小野的信徒。我一直看上去很安静。穿着一些鲜艳的小衣服，戴糖果样子的小卡子。每次来要用他最好看的咖啡杯。我的朋友一直很宠爱我。他常常邀请我来他的酒吧玩,因为他看出我在成长里蹦蹦跳跳,焦躁不安。是他把我这个在街上游荡的狼狈的布娃娃领到了他的宫殿里。现在,他看到我缓缓站起来。跟着小野,走向门口。

他可以称此为一场背叛。他看到了女人的卑劣。这个女人的卑劣。是的。他看见的那个亲切的粉红色女孩骤然变成一个因为爱情会跳脚愤怒的女人。

我跟着小野走到大门口的时候,听到后面有剧烈的破碎的声音。我看到我的朋友把我一直用的那只有橘色英文字涂鸦的马克杯摔在地上。我知道那只马克杯也是我朋友自己喜欢的。它碎掉了,那些字符被肢解了。一段有历史记载的光阴就这样湮没了。

我和小野仍旧离开了。我跟着小野走出那扇门,从此我再也不知道天气。

外面应该是炎热的。夏天已经到来了。炽烈的阳光在指责我的背叛。可是我的少女时代已经和那只马克杯一起碎得一团模糊了。我在未知的影子下面游泳。

我跟着小野横穿马路。我说,小野。我喜欢你。

一辆大卡车飞驰过去。小野穿过去了,可是我没有。我停下来。

小野突然倒回来,抓住我的手领着我向前走。

正如我不厌其烦地所描述的,我捏着小野细细长长的手指,触到了深陷的掌心纹路。那是第一次。他的手碰到我。我们的爱开始于那只手。我抓住了它。我们奔跑着过了马路。我在一棵梧桐树下咯咯地笑。小野觉得我居心叵测。我拥抱了小野一下。我踮起脚尖,下颌在小野的肩膀上蹭了一下。我说,小野,我喜欢你。

7

我常常无耻地想起来,我想到我要感激我的朋友。他最后忍无可忍的愤怒成全了我和小野的爱情。

可是我想那天我真的走得太急了。我应当留下来,帮我的朋友扫起那只破碎的马克杯。我一定会悄悄留一块碎片在口袋里。那是一个我的已经破碎的时代。橘红色一样焦躁的时代。现在的这个时代是一个很在乎是否拥有的时代。虽然我看着失去的觉得它们像是别人坟墓边的衰草,再也不会有人站在我的洞穴前面哭泣。

那是小野心爱的夏天。小野带着我出去,一起看夏天的湖泊或者远山。但是多数时候他不带我出去。他说他要一个人去想想他甜美的理想。再带上我去实现。他留下很多 CD 和电影给我。亲亲我的脸颊就走了。我觉得这像我小时候的暑假。我的妈妈留很多零食给我,然后亲亲我的脸颊,走了。我可以只热爱零食,不想念我的妈妈。但现在我只想跟随小野,不迷恋任何碟片。我知道我的妈妈一定会回来,因为她舍不得我。可是小野随时可能走掉。我知道他舍得。

很多电影冗长而寡淡。情节太稀疏。给我太多时间去想念小野。

《暗战》是小野要我看的电影中极少的港片,商业片。我是多么喜欢里面的爱情呵。记得洁尘写的电影评论中把电影里的爱情称作"清浅之爱"。我觉得小野的表情跟那个病人杀手刘德华的表情很像。他们一样地决绝。一样爱得很轻蔑。我看到那个叫蒙嘉慧的女人跟在刘德华的身后,默默地走了一段。我想起那个阳光炽烈的午后,我跟着小野离开朋友的酒吧,也走了一段。我清晰地记得,小野并没有对我说他喜欢我。我看到猫一样温顺的女人把头斜靠到男人的肩上。手叠在手上。那是他们所有的爱情。像一个空集。

空集不是不存在。空集是一个很完好的集合。

这真是一场瘦骨嶙峋的爱情呵。没有血肉。可是谁也不能否认,这场骨感的爱情因为清晰和分明而引人入胜。我想让自己的爱情染上那个电影的颜色,冰静的靛蓝色,带着波光粼粼的忧伤。

在夏天末了的时候,我的营养不良的爱情惊喜地得到了它的补给。那天小野来找我。他有一点焦虑。他说他想拍电影。他问我喜不喜欢小津安二郎,他说他想拍那样的纯净的电影。在一个乡村或者什么角落里,让自己所有的欲望都暗淡下去。让每一分钟都像一枚路易十六时期的金币一样闪闪发亮。我注意到小野说的时候眼睛就是像路易十六时期的金币一样闪闪发亮的。我觉得他像一架马力十足的水车,在飞快地转动。把璀璨的水珠都溅在了我的身上。那些水珠是他不灭的欲望。他把他的欲望溅在了我的身上。我被淋湿了。可是我必须承认,那是一种我热切盼望的沾染。我觉得世界上最美妙的病菌就是眼前这个叫做小野的男孩。极乐对于我来说就是我永永远远住在这种病里。我常常想要赞美我的妈妈是因为她把我生得如此勇敢。

我只是默默地听小野说完他的计划。我甚至没有表现出对小津安二郎的电影票房的怀疑。我的确看到很多的电影艺术家们奉小津安二郎的电影为极品,我甚至看到他们在采访录像上无比严肃地说小津安二郎的电影是对他们影响最大的。可是我觉得他们的电影和小津安二郎的一点也不像。所以他们成功地赚到了钱。我担心认认真真学习了小津安二郎的小野养不活我也养不活他自己。可是这个问题重要么。我只是想和他在一起。那样我就满足得不需要问任何问题。

小野说完之后,用眼神对抗了一会儿我的安静,终于他又说,我要带你一起走。

他说那句话的时候一点都不局促。很轻快的。好像是问我借一根大头针一样轻松。

可是我想说的正是,这枚大头针你不用还了。

这正是我想要的不是么。离开,我们两个人,牵着我们无比消瘦的爱情。我们躲起来,他拍他的电影,我来养胖我们的爱情。我永远在他的右手边,和他并排站着批判这个世界。朋友酒吧里就是不应该用塑胶花和口水歌,小津安二郎永垂不朽!小野零下温度的体温使我焦躁的青春冷静下来。

我想了想,决定问他一个问题。这是我第一次问他问题。我住在他的心里。我可以背诵他所有的念头。我看他的心房,心室,就像围着我的十五平米的小房间走一圈一样简单。所以我从不发问。我打算问一个问题,只是因为我想听到那个我想要的答案。

我问小野,你为什么想要带我走呢?

小野说,我从第一眼看到你,就知道你和我一样地嫉恨这个世界。

是的。我和小野一样地嫉恨这个恶俗的世界。我们都像无辜而干净的小水珠，我们本来是会被蒸发上去的。就像听从了上帝召唤的人们会上天堂一样。我们会一直一直上，直到回到月亮的身旁。我们是它喜悦的眼泪。可是可是，我们在上升的过程中才发现这个世界的灰尘可真多。我们的身体上都沾染了那些颗粒状的无赖。我们的身体越来越沉。我们变得臃肿而浑浊。我们再也不能成功地飞去月亮。我们再也没有资格做一滴月亮的眼泪。所以我们盘旋在半空中，和其他穿着灰尘外套的水滴结在一起。那一时刻我们很开心，因为我们被叫做云。或者是白云。我们就认为我们真的是洁白的。云有不能承受之尘埃。我们终究会噼里啪啦地再度掉回人间。我们又是一颗水滴了。回到下水道的时候，我们发现我们和鼻涕唾液没有什么区别。

我和小野是两颗有洁癖的水滴。我们一刻也不能忍受沾染灰尘的旅行或者是肮脏云朵的栖息。

我和小野是一样的。可是我一直是安静和隐忍的。或者说我是蒙昧的。我只是自言自语地烦躁和抱怨。可是小野把他欲望的水珠溅在了我的身上。我的欲望开花了。我跃跃欲试地要出发，挣脱云朵这个垃圾场一样的收容所。我要和小野一起向上飞。我们要在更暖和更皎美的地方得到洁净。

我有一点难过。因为小野所说的原因并不是他喜欢我。他没有说过这句话。从来没有。在那个穿过马路，义无反顾地一起牵手走到梧桐树下的下午，他也没有说。可是我恍恍惚惚地以为他好像说过了。我觉得他好像一直在我耳边说这句话。

我喜欢你的。这句话像一只振翅的蝴蝶一样停在我的耳边。喋喋不休。

我安慰自己说,《暗战》中的爱情是我所标榜的不是么。到最后,女孩都没有听到她的杀手爱人说喜欢或者爱。她只是跟在他的身后走了一段。小心的跟着,不丢失。

于是我说,好吧好吧。小野,我跟你走。

8

我和小野再次决定下车的时候是在 D 城市。因为 D 城市刚刚下过雨,天空和楼群的轮廓都很清晰。我已经太久没有摘掉隐形眼镜了,整个世界仿佛下了很大的雾。潮湿的眼窝里干瘪的世界,而且没有了天气。所以看到 D 城市的时候我很开心。

是个南方的城市,细细长长的小街,形状怪异的小店铺。我们开始重新恢复孩子般的激情。我们一家一家地逛。小野在一个美术商店里买了一本 Swatch 手表的宣传画册。里面有十年来所有 Swatch 手表的样子。糖果颜色。取着不同的名字。一代又一代。

画册像一本五颜六色的历史书。那是我看过的最好看的历史书。我长大的过程中,Swatch 渐渐变得不再昂贵。甚至不够庄重。可是它一直是我最喜欢的手表品牌。

去音像店买了些 CD。事实上我们带的 CD 已经很多。如果活不下去了,靠卖 CD 仍旧可以活一段时间。可是我们仍旧满足又开心地买下那些 CD。多数我们都是拥有的。只是没有带上它们。比如我喜欢的 Mazzy Star 的,Mono 的,还有小野喜欢的 Patti Smith 的。同样是落时的女人。但是不朽。付钱之后我站在店门口,突然觉得很凄凉。我们讲话很少,寂寞环绕。很多时候,我们依偎在一起,可是自己听自己的音乐。我们都用音乐把自己导向另外的出口。

有一家店子卖亮晶晶的银饰,还有花花绿绿的小卡子。我已经很久很久没有戴任何小卡子了。我变成了一个粗糙的布娃娃。可是这一刻,我忽然怀念起我那嚣艳的粉红时代。我穿粉红色条绒 A 字裙和大头皮鞋、扎雪青色头巾和用毛线绑一头辫子的时代。我想起那时候我妈妈多么地热衷于给我梳头发,扎辫子呵。那时候我已经读高中了。每一个早晨我坐在桌边吃早餐,我妈妈站在我的身后给我梳头发。她不厌其烦地给我用毛线缠十几条彩色的辫子。她还喜欢给我买"淑女屋"蕾丝花边的袜子。我猜想我妈妈小的时候一定没怎么好好玩过布娃娃。她通过我弥补了她小时候的遗憾。可是我必须承认,我的妈妈是多么热爱她的这只布娃娃啊。

我试戴了几个卡子。冲着小野笑一笑。然后摘下来。

我看到了一只手链。紫罗兰色的碎钻。繁复和虚假的高贵。很落伍的。可是它让我想起了我散在路上的那只手链。那只我和小野飞快奔跑的时候遗失的手链。某一个皎洁的夜晚,我的外婆拉过我的手,把那只手链给我套上。那时候,我兴奋极了。

我摇一摇手臂,咯咯地笑了。我没有摘过它,在外婆的葬礼上,我紧紧地抓着它软弱地哭泣。

可是我掉了它。为了跟随小野,我甚至没有停下来捡起它,珠子们就这么波光滟潋地各奔东西了。那以后我再也没有梦见过外婆,一点也没有,甚至连她的一条皱纹都没有过。

我戴上了这条手链。摇一摇,咯咯地笑了。忽然看见小野已经站在店子外面了。我慌忙放下手链,奔出去,和他一起走。

我和小野都很饿了。小野带着我走进一家日本寿司店。赏心悦目的橘红的生鱼片。洁白的米和青草颜色的调料。小野知道这是我格外喜欢的。他和我站在外卖的柜台前,小野问我,你要吃哪一种?

我看看价格。我觉得它们其实很便宜。我从前买它们是不需要低头研究它们的价格的。可是现在,我知道买过那些 CD 和那本 Swatch 沉重的族谱之后,我们已不会有很多钱了。

我咬着嘴唇,不说话。

小野重复了一遍,摇摇我:你喜欢的是哪一种?

我仍旧不说话。

我抬起眼睛,看到了小野忍耐的表情。

我说:我可以决定吃什么,是么?

小野说:是的。

我说:那好,我吃一个面包。然后,我想要刚才的那只手链。

小野看着我。他可能觉得有一点好笑。他也可能在生气。突然他拉起我的手,出了寿司店,掉头奔向那家卖银饰的店子。

我的心情好极了。因为小野拉着我的手,在一个天空和楼群都很清晰的城市的窄小街道上疾走。我想那才是我们最应当的样子。在我没有出逃之前,我所想象的出逃是没有任何苦难的。仅仅是我们牵着手,像一只刚刚蜕变出的蝶的一对翅膀一样,永远以相同的弧度擎向空中。

小野,你知道么,我一直穿的是裙子。我只喜欢裙子。因为我知道的,你会拉起我的手,我们在风里奔跑。那是我期盼的一刻。我的裙子飘起来的时候是多么好看啊。每一个褶皱都会舒展开。和煦的风梳理着我的往事,我和你的每一个细节都铺展在我的面前。我觉得每一个细节都是一个动物。因为他们一直在动,在呼吸,在跟随我们成长。

小野和我重新回到那家小店,小野买下了那只流露着俗气的华贵的手链。他给我戴上。看到我的脸上带着一个吃饱饭的满足的微笑。

我仍旧是吃了寿司作为晚餐。那是小野坚持的。是我喜欢的杏色生鱼片。还有绯红的鱼子酱。小野坐在我的旁边喝清酒。我故意把碗碟放得很远,然后伸长手臂去够到它们。这样我的宝贝手链就会响起来。哗哗哗的。我以为我回了我从前的那个满是泉水的城市。

住进了一家小小的旅店。很窄的楼梯,游荡着女人暧昧的呻吟。我看到瘦小的壁虎在房间的墙壁上散步。隔壁好像有对恋人,壁虎在偷听。它一定觉得太乏味了,因为我和小野根本不讲话。我们并排睡在同一张床上。可是我们什么都不做,连话也不说。

小野起身去冲凉。他换了一件无袖的棉制紧身的白色T-shirt和一条牛仔肥大的中裤。

我仔细看看他。觉得他的头比我想象的要大,身子比我想象的要瘦,比例有些失调。像个发育不良的苦孩子。我于是有一点想笑。可是真的是爱他。不会因为和想象有出入而失望。一切都刚刚好。怎么都刚刚好。

我去冲凉。发现我的脚早就磨破了。很多血,结痂的和黏稠的。

黑色的和褐色的。我很惊讶,因为它们伤势这么糟糕我却一直没有察觉。因为奔跑的时候我在我的极乐里。我的视野里只有前方的那只挚爱的手。我没有多余的鞋子了,没有药水。我把这些情况默默地说给我的脚听,并告诉它们我真是不想再麻烦小野了,所以拜托它们自己好起来。

我睡觉的时候把脚用毯子包起来,整个地包起来,不让我自己和小野看见它们。我和小野只有一条毯子。第二天早上小野说,你霸占了整个毯子。我说是么,对不起。

我的伤口溃烂了。它像一只褐色的蜈蚣一样盘踞在我的脚上。我觉得它使我脏了。

我觉得可耻,我不想让小野看到我的可耻的溃烂。我在第二天早上走路的时候很小心地走在他的后面。我不让他看到我疼痛的表情。

他发现的时候是中午了,我不记得我们已走过多少路了。小野想要去海边看看。可是他不知道海在这个城市的哪一个方向。他买了一张地图,然后他就走在前面,寻找,迷路,再问路,不停地追赶巴士。我起初觉得跟上他的步伐是一件异常艰难的事情。我甚至开始丧失掉坚持我的优雅的决心和勇气。

在巴士上,他看到我在左边抖。然后他看下去。看到我的双脚。它们紫红的颜色,湿漉漉的。我的眼睛盯着小野。他的难过和他的厌恶。是有厌恶存在的。他开始因为我丑恶的双脚厌恶我了。那一刻我是多么难过呵。我想和我的双脚分道扬镳。它们连累了我。

小野和我在下一站下车。他在下车的时候拉了一下我的手。他的手心有微微的汗。我觉得那是一种蛊惑的药膏,深入我的骨髓。我开始雀跃。我觉得我可以抛开我的双脚,可以跳起来,像一只羽毛勃发的鸟。

可是我没有。他松开我的手。在马路边。他打开他硕大的背包,开始摸索着寻找。我知道他想找些胶布之类的东西。他找得很辛苦。太大的包。他怎么也找不到了。出了很多汗。我说,小野,算了。停下来休息就好了。

他没有理睬我。他把背包放在了地上,一点一点把东西拿出来。我们站在一个陌生城市的拥挤街道上。他迎着很多人的目光,把背包里的东西掏出来。像是警察局里的搜身。我站在他的旁边。溃烂的双脚,不肯放弃微笑的脸庞,局促不安的眼神,我们是多么可怜。我看到越来越多的人围过来。他们也许只是过客,只是经过。可是在我看来,他们都是冲着我们来的,走得越来越近,看着我们。像是要吃下我们。

我说小野,求你了,算了。算了呵。

他的一半东西已经在外面了。像座五颜六色的坟冢一样堆在我们面前。小野蹲在地上,双手伸进背包里去,一把一把地掏出来。他的牙是咬着的,我听到它们响了。我知道他在怪我。他怨恨我呵。他觉得我的难看的脚给他带来了耻辱。

小野终于找到了。他拿着胶带站起来。他把胶布给我。远远地递给我。然后他背过身去整理背包了。是的,我明确了他在厌恶我。

我和小野隔着一段距离在街上走。我和我的脚跟在后面。我们被他的眼神抛弃了。

我没有力气去强求那只手回来。它高不可攀。

9

小野应该没有钱了。他很久没有胡乱买东西了。

我们没有要离开 D 城市。可是也没有留下来的打算。我们就这样僵着,他跟我说话很少,墙上的壁虎失望地走掉了。

下雨。我坐在黑的房间里。看见雨水进来避雨。它们进了房间,可是无处可去,只能窘迫地粘在墙上。

小野说原来出走是这样暗淡的一件事。他终于说了。我坐在黑黑的房间里,他站在门口。他说他什么还没有做呢。除了几张照片。

他轻蔑地说,除了几张照片。我想起那几张照片。在我的青春跳车身亡之后空空如也的我站在那里的照片。的确值得轻蔑。

然后小野出去了。带了相机什么的可是没有带我。我看见他的手合上了门。我知道我如果无耻一点就上前去抓住那只手。我再哭起来最好。我想说小野别走,别走呵。

可是我没那么做,事实上在我跟了小野的那天起我就足够无耻了。一想到和小野分开,眼泪那么轻易地就掉下来。然而我了解小野,不会有转机。他想一个人的时候我就是透明的风。多么无力的风,甚至没有办法吹乱他一根头发的风。

我在连壁虎都扫兴而去的房间里做了一个梦。我认为自己根本未曾睡着,恍惚坐上了地铁或者火车一样进入一连串的梦里。

我吃红豆冰。灼热的午后。妈妈说如果出去锁好门啊你。有电话找爸爸。我说爸爸不在,你哪位啊?小朵来找我站在门口说你去看啊 Dkny 的新香水,然后她走了。她新交了长得跟她想要的一模一样的男朋友,她说她得表现好点。她又说那个鼻子特别高的男孩子没怎么见过莲花和泉水。她说她带他去,问我去不去。我说不去不去,莲花年年开啊,已经一点新意都没有了。

哗啦哗啦下雨了。我在阳台上一边收衣服一边听 Mono。Mono 是我心爱的乐队,男孩子和女孩子,两个人的乐队,干净,不乱。我站在阳台上听 Mono。心情舒畅。我翻看照片,旧的毕业照,有个女生我忘记名字了,我发短信给小朵:毕业照第二排右边第三个女孩子叫什么啊。

我昏昏沉沉醒来时意识到,那是我曾经的一直的有些无聊津津有味的生活状态。我觉得我的心被揪起来了,被扯着向我离开的北方飞。我的身体像无法熨平的衬衫一样和我的灵魂分隔。

莲花泉水粉白颜色和哗哗的水珠。明晃晃的夏季和蓬蓬裙子满头卡子的傲慢的女孩子。

她太幸福了,她喜欢晃着颜色花哨的头发说烦死了,烦死了,让我离开这里吧。

我的夏天就像一盒没有来得及好好享用的冰淇淋一样就这样化掉了。我现在好像一个过季的马戏团明星,看着自己当年举着火炬冰淇淋的照片,看着那只完美无瑕的冰淇淋在我头顶流下多姿多彩的眼泪。

我吸了一口气,眼泪就出来了。它们像兵荒马乱中的逃兵,顺着我茫然无神的眼睛闯出来。它们很无知,它们只是想找一个洞逃出来。它们说你的内部太糟糕了啊,都烂了你知道吗,我们受不了了,我们要出去啊。

我跟我的泪水对话,我说对不起,我知道啊,我烂了,我知道了,求求你们不要离开我,我要枯槁了。我的身体和我的灵魂分开了,因为我的灵魂干瘪了。你们别离开啊。

我坐在床边和我的眼泪对话。

落花流水落花流水。

我失败了小野,真的,我这一刻特别后悔。我开始狠狠地想家了这一刻。小野我想妈妈,因为她比你善良。善良,小野,善良啊。你怎么在我们一路走来的途中就丢失了呢?

妈妈说你不要乱跑,回家早些,我给你买刨冰回来。

她太善良以至于我懒得致谢。

10

小野仍旧没有回来。

我不停地听到阁楼的楼梯在响。我听到有人咳嗽。有小孩子打架。他们真的很坚强。没有流下眼泪来,即使头破血流。

我想出去寻找小野。我觉得他也许再也不回来了。

我没有来过D城市。我也没有地图和钱。甚至不辨南北。

可是我仍旧带上门就跑了出来。

楼梯上也有了我跑的声音。我咳嗽。

冲下去。

我闯到大街上。我记起一部小说里的描述:散着头发奔跑。脚流血。

我去哪里？小野你在哪里？小野,我来了你在哪里？

我向左,坚持一个方向。我坚持跑下去。我的脚又开始流血。我要烂死在这个南方城市的街道上了。一边走一边烂掉。上帝保佑我在烂掉之前找到小野。

我记得《广岛之恋》里那个要命的女孩子。她爱了一个敌人作为情人。她非得爱他不行。她叛离了世界。世界来围攻她了。

她被关在冰窖里。她说这里也好呀,这里有我的情人。

没错。那个纳粹兵。死掉了的,在冰冷里身体将烂未烂的情人。她绕着他走来走去。

她在大街上跑啊跑。像我现在一样。像我现在一样披头散发。我要去前方,远方。小野在远方了。

事实上我没有地方可以去。我想我该去好好地看看海。可是我连这座城市有没有大海都不知道。

围绕一条街,我来回走。我想小野回来的时候会经过这儿。经过的时候跟我打招呼。我也打一个招呼给他。我跟在他的后面再回去就好了。就像上次来的时候一样。

我的脚要断裂了。头很昏。我看见一片一片的行人。为什么夜晚会有这样多的人呢？是个节日了么？真的呢。有大片的红色。灯笼和烟花还有晶亮亮的糖棒棒。好暖和好暖和。

我仰起脸。看大片红色跌落下来。

好像看到很多熟悉的人经过。他们的脸很明亮。

我妈妈来了。她说你出门怎么不带钥匙呢？她说红豆冰化干净了。真是的!

我张了一下嘴。想说对不起的,却发不出声音来。

我妈妈不见了。去眼前的红色里了。

小朵来了。她说我身上香吗,这是新的 Dkny 了。她仔细看看我说,你怎么现在这样颓废和邋遢呢。

她也不见了,我来不及问那个高鼻子的男孩子还同她一起去赏荷花看泉水吗。

爸爸也来了。他说孩子你快过生日了,我送给你什么呢?

他自己思索着,也走了过去。

他们好像都到前方去看灯火过节日去了。

我看到最后一个出现的是我那个开酒吧的朋友。他还是穿得很讲究,走过来。

我一阵痉挛。我是这样不想见到他呀,他在恨我,他在怪我。他走过来一定会笑话我。

他笑说:原来这就是你的下场呀。这就是你走之后的生活呀。

是啊,那一刻,我背朝着他离开的时候是多么决然。我把他扔在后面和初夏的郁闷里。他怎么也不能明白我为什么和一个骄傲自大的男孩子这样走了。他摔了那个杯子,怒不可遏。他是在说,你不要后悔,你永远幸福才好。

我走了。我是在说,好,我不会后悔,我和小野永远都幸福。

此刻我好像看到他走过来。嘲弄的浪涛像一场咆哮的海啸。

我本能地退后。我不能让他靠近。我掉转头,很快地跑。

我也许疯了,可是不能容忍嘲讽;我也许烂了,可是决不在人前丢人现眼的。跑吧,让我安全地离开。

最后,我看到了小野的出现。我想说你终于来了。和我一起跑吧。我们不能被嘲笑。

我们的灿烂夏天永远都不能过去。走吧,小野,我们跑着继续去远方。

我没有得到小野的答复。我看着他没有跑的打算。他在我的视野里缓缓地横了过来。像安静的河流一样横了过来。

然后他又像瀑布一样倒了过来。

11

我躺在一家小医院。我在输液。我发烧,还说了很多胡话。

我看见小野在我的旁边。手在我可以抓住的地方。

小野说他看见我在街上疯跑,看见他就对着他喃喃地说话,然后倒在地上。

他说,幸亏我看见你的时候很及时。他是这样说的。好像他是一个英雄。

他看见这女孩在病床上蜷缩成一团。他一定很失望。女孩子已不是他一贯喜欢的骄傲女孩子的样子。她像被关的动物。温顺里带着他无法降伏的执拗。她想要反抗他。她想要挣脱他的手。掉头。

小野让我坐起来,他抱住我。小野的脸很白。像皎皎的月亮一样悬挂着。月亮问太阳借了光。小野的光来自什么地方?小野,此刻我觉得所有的明亮都是假象。就像这白的床单,不知道沾过多少人的血液。此刻它还是一样纯洁慈爱地照顾着我。

我的眼泪逃逸出身体。懦弱的东西们,都走吧都走吧你们。

小野移了一下身子,拎出一块 pizza 给我。我说,你也一定很久没有吃了,我们必须一起吃。

他从来不让着我。我们就一起吃。都省却了说话。有蘑菇和青椒。黑胡椒使他打了个喷嚏。我们两个人都很饿了,这块饼不够大。可是我们吃到不到中央的位置就都停下来了。我们觉得剩下的部分应该是对方的了。我们两个都是无比倔强的家伙。我们谁都不能说服谁,所以这块难堪的饼只能在我们中间冷掉了。

小野安安静静地把他白天做的事情说给我听。他说他卖了他的手表。我看着他。这是迟早发生的事情。只是我不知道怎样的表情才是我应该呈现的。

他又说他看了场画展。糟透了,他说。

我还是没有变换表情。他不应该这样。他很多的时候都没有足够的目的性。我猜他去看那场画展的时候一定就知道不会好的,不是他所喜欢的,可是他仍旧去。也许只是为了看完之后批判它,自己冲自己发发牢骚。

小野继续说,他说画展很糟糕,他见到那个好看的女画家像迎宾一样站在门口。男人们于是来膜拜这个花一样扎起来的女人。

于是你就进去了是么,小野。我说。

我的脚开始疼。小野说你的伤口缝了好几针。

我们都不再说什么了。

过了一会儿,我把我的手表摘下来。给小野。我第一次决定讽刺他。我说小野,再去看吧,画展。看看是不是一样的糟糕。

小野看着我。他吓着了。他发现我的眼神像两块因为天气开始寒冷而烧起来的炭火。我不再安静,开始手舞足蹈狂躁不安。他看着我。他的视线受到了阻碍。我们之间有一块我爸爸我妈妈一起送给我的手表和一块冷掉的饼。

什么东西都可以成为我们的阻碍。任何东西砸下来,我们的爱情都完了。

我继续说:小野,没关系的,你拿去卖或者怎么都行啊。反正不是什么生日礼物。我爸我妈就喜欢这样,没事情总是送我礼物。

我的这个句子说得非常费力气。最后的字怎么也说不出来了。这些字在我的心里来回撞击。我的心里面很空荡。因为我的良心没有了。

小野脸上的表情突然明亮了一块。像是日全食过去之后的夜空。星星狡黠。他说,你在想家了。

是啊是啊是啊。给我买刨冰的女人,给我买礼物的男人,任我撒野的家,和我可以摘下星星的城市。我的北方,秋天到了吧,树叶哗啦哗啦地落下来。我家门口的树,叶子掉下来,没有机会见到我它们就腐烂掉了。一个轮回有多长呢,再次相见的时候或者我是一棵树了。小野,让我来告诉你吧,你知道我从爱上你的那一天起我就总是说,让我做一棵树也站在小野身旁吧。你觉得这些话是不是很有趣呢,我现在觉得很有趣呢。我忘记小野你是有脚的了。小野恐怕做一棵树也会是一棵很不安分的树吧。小野你走了可是我一直在。小野,你把我所有热情的花瓣都摘光了。你看到我粗糙简略的枝干。我把我长大之后的第一个故事写在上面。

他们只允许我写一句话,我就写:我要跟着小野走。

这句话占的空间太大了。结果它挤占了我良心的位置。你知道了吧,我的心就是带着这几个空空荡荡的字来来去去地跟着你奔波。它不想家因为良心没了啊。

小野再坐过来一些。他拿开手表和饼,我们之间再也没有任何阻隔。

他说,为什么会是这样的呢?

我说,归根结底是因为你不太爱我啊。

他说,是这样的吗?

我说,是。

我看见月亮又晦暗下去了。小野是真的在难过了吗?

小野再靠近。他的脸上有凝结的冰凌和大块的暗影。我记得那天我跟着他走出我朋友的酒吧的时候,这张脸不是这样的。这张脸上是一个非常活跃的理想。它和那个夏天里的所有东西一样晒着阳光,可是比那个夏天里的任何东西都要明亮。我和小野一起开始逃跑的时候也不是这样的。我们非常严肃。严肃是一种和白色或者明亮的黄色有关的表情。我们是那个夏天被震落的惊喜。我们咄咄逼人。我们灼灼逼人。

小野说让我们都再做一次努力吧。他想了一下,几秒钟,他抱住我。我是路边那个有些忧愁的布娃娃。他充满责任感地捡起了我。我感恩了一个春天,夏天跟他逃走。秋天到了,可是亲爱的我们不能放弃呀。

小野的身上没有任何香水的味道了。也可能更糟糕,连一个铜板都没有了。脸还黑去了大半。热情没有了从前的汹涌。可是我们在这个时候终于靠得很近了。我的手和他的手在一起。我可以肯定,如果我这个时候说话,他会认认真真听到。如果这个时候我问问题,他会好好地作答。这样的时候并不是很多。太多的时候他把身体卸给我,带领我走,这个壳子不回答我的任何问题。

我的手紧紧抓住他的手。输液管子几乎要被我扯断了。可是我仍旧抓住不放。这样紧,我的指甲故意嵌进去。有血么?小野,它们热吗?它们奔涌吗?小野我喜欢我们都流血,坟墓殷红。

小野我现在这样狠狠地抓着你是因为我一直看到你身上的鳞片。我不喜欢你这种冷漠的鱼的形象。我不喜欢那些块状利器。我要把它们揩下来。

小野和我这样地拥抱在一起。我们像两个落难的灾区儿童一样抱在一起。我们好像刚刚认识。我们崭新崭新地相爱。在我们自己击落的上一次爱情的碎片和废墟里。那是我们不能再提的一场灾难。

小野说:原谅我。

他在黑黑的静静的病房里,说出这工工整整的三个字。他说了这三个字为我止血。因为此前他发现我浑身是伤。痛得开始到处冲撞。我撞到一身是血,咻咻地喘息不止。他这个时候意识到,这个女孩是他必须来好好给予治疗的病员了。他有太长的时间把她搁置在旁边,左手边,右手边,他忘记了,忽略了,反正随便。他这样轻易地一放就继续他自己的伟大工作了。

这个在他左边或者在他右边的女孩子自己和自己说话,自己和自己玩耍,自己和自己打架。她爱着他,可是他没有时间理会她。她开始记怨他,她最后甚至想咬他一口。可是他的手,那手在距离她这样遥远的地方。她抓不住那只手,放声大哭。

破旧的病房,假装洁白的纯洁的床单。我们从这里重新开始。手表,Pizza,你们都来作证,我们要重新开始。小野说要我原谅他。

原谅吧原谅了呀。我们上一个没有成功书写的故事。放它过去吧。你看这新生的爱像个小说一样华丽。像棵树一样笔直。像这个秋天一样溅满了我的裙子。

他是卸下理想的男孩,没有了繁重的一直压迫在他神经上的梦。分裂的文森特此刻悄悄走开了吗?油彩胶片你们都离开好吗?从小野的脑子里离开一会儿好么?我只想和这个男孩子单独待会儿。没有理想的没有压迫的他。那个身体里没有了你们的他。

我要继续说。我和小野紧紧拥抱。有热浪,夏天再袭。我们都很感动。

小野说,你睡吧,我们明天好好上路。

我就在他的怀里睡觉。这一次很好,他的臂膀和胸膛非常柔软,我没有被他坚硬的理想硌醒。

我的外婆出现在我的梦里。我觉得再也没有比这个更加吉利的事情了。我的外婆是一直呵护我的老人。我一直在她的庇护下,可是后来我丢失了她给的礼物,跟着男孩子逃跑了。她一定生我的气了,所以她再也不肯在我的梦里露面。今天她回来了。她笑了一笑。我不大知道她为什么笑呵。可是我知道她原谅我了。

外婆我的前方你会一直在吗?

12

天微微亮了。我们仍旧抱在一起。小野一定浑身酸痛。因为我是这么觉得的。小野扶着我,紧紧抓着我的手,去了火车站。这是多么珍贵的一小段路啊。我们是并排着的而不是一前一后。我们是手牵着手的,像我们应该的那样。

火车站,他去买车票,我等着他。我在几米以外看着他。想飞快地过去抓住他的手。他长大了,看起来是个很值得依靠和信赖的男人。我不知道我们会去什么地方,我也不问。

我们上了火车。仍旧拥挤。连放背包的地方都没有。他背着他自己很重的包,把空间腾出来给我坐和放背包。

他一直牵着我的手。他忙坏了,出汗了。我掏了半天也没有掏出一张面巾纸。所以很懊恼。

他看看我,说我们还没有吃饭呀。你还在发烧。

我说没有关系。

他说不行不行。他起身要下去。他说,你在这里坐着,别乱跑,你的脚不能剧烈活动。

我买两个面包就回来。

我抓了一下他的手,不想让他走。他说,没关系,火车等会儿才开的,我马上回来。你千万小心你的脚。

我点头。放开他的手。

他走了。向着最近的小商店的方向。他的背影高大了许多,头发长了,不再是竖竖的了。它们熨帖了许多。

人仍旧多。拥挤,糟糕的汗的味道。有人不停地骂天气。也责怪火车为什么还是不开。

我开始心慌。如果火车开了小野仍旧没有回来就糟了。可是我不敢离开,我从现在的方向已经看不见小野了。小野让我在这个位置等他,不离开,我应该听话。

火车鸣笛了。人们规矩起来。我非常慌张。可是人非常多。厚重得像一座宫殿的围墙。

我无法突围。我的脚还是疼痛,无法自如地活动。然而我也不能离开靠窗户的位置。我把头探出去寻找小野。

火车终于开起来了。我几乎决定跳下去了。我是做得出来的。

我抓起我的背包,俯身向车窗外面。我发了疯一样的。我要跳下去找我的小野。

就在我要跳的时候,我眼睛的余光看到了小野。

我,又,看到了,我的小野。

他和所有送行的人站在一起。非常平稳地站在那里。他背着他的背包,带着他所有的东西,站在那里目送着我。正如此刻我带着我所有的东西坐在车厢里。我掏出他先前塞给我的车票。我终于看到那个我熟悉得不能再熟悉的城市名字被填写在目的地的位置。

这是回北方的列车。这是回家和城市的列车,这是我一个人的回程,正如远方是小野一个人的。

我再抬起头看小野。他眯着眼睛站在那里目送我。他的肩膀仍旧沉重。油彩胶片还有乱七八糟的理想。他狂热地迷恋他自己的远方。

我们的距离沿着车轨迅速增加。我们彼此都是这样的平静了。

我不再企图向车下面跳了。那个傻孩子死了。她的脚也不再疼了。

她死了。被轧死了,骗死了,倒在爱人的目光里。血泊像昨夜的拥抱一样温暖。

那个傻孩子再也不会站在那个男孩子的前面阻碍他去向他的前方了。

他铲除了她。

我们的距离沿着灰绿色飞驰的列车增加着。我们对视着彼此。小野眯着眼睛,神情还是那样严肃。他的五官不再鲜明。昨天夜里问月亮借来的光辉不见了。

时间和月台会记载吗,我们曾经是一对爱人。我们在这里告别。

我现在终于知道我的外婆为什么在我的梦里笑了。

她说,孩子啊,你终于回家了。

桃花救赎

1

我在每天睡觉前都会固定地放 Tori Amos 的音乐。

时间大约是十一点过五分。我刚刷过牙,在镜子前散开头发。关掉灯。她一定疾病缠身,时刻抽搐,我在她的疼痛里满足。

据说她童年时被继父强奸。

她的唱片封套是我所见过最可怕的。两张图片。她斜坐在木头椅子上,陈旧的灰色吊带上衣,蓝粗布裹的裙子里伸出整条腿。一柄猎枪横亘在她的身上,她的手无限热爱地扶住枪,像抱了把欢快的吉他。从膝盖到脚踝全都是泥,冰冷色质。脚下是一直蜷缩着身体的蟒蛇。她的头发是和枪柄一样的褐红色,笑容安和。

另一张,她坐在一扇窗前,暖光洗涤着她慵懒的脸。她古铜色的布衣敞开,半袒露乳房。她在给一只小猪哺乳。粉红色的小猪紧闭双眼,嘴巴贴在她的乳上。她充满母性的慈爱。

可是那毕竟是一只猪。所以这张画多么惊世骇俗啊。

我爱这个给猪哺乳的女人。因为她的平静后面一定是波涛汹涌的恐惧。我甚至猜想她对性的认识是歪曲的,充满恐惧。况且她长得像我的一个朋友。越来越像。

2

我在这个时刻,总会接到一个电话。我先跑过去关掉音乐。打开灯。我披着头发,踢掉拖鞋,奔向我的床。电话在床头。我快乐地扑在床上,拿起话筒。

没有人讲话。只是一种金属的声音。哐啷。掉在一个金属容器里。清脆的响声,按响了我心室上装的门铃。

我不说话,电话不说话。我们相持几秒,电话轻轻挂断。我满足地放下听筒。

这是我每个夜晚的必修课。最后一节,代替了我在睡前吃巧克力和糖果的坏习惯。这是一个甜蜜的仪式,它换来我的一个好梦。它使我本纯得像个孩子。是上帝宠着的定时供给糖果的孩子。

而这电话,还有电话那边的人就是上帝给我的最大赏赐。我的长睫毛的爱人。

他从爱我的那天起,每天存一枚硬币。一枚硬币代表爱我一天。

我笑着对他说:有一天我离开了你,你至少也有好多的钱啦。满满的富足感。

他说我们很老之后,我走不动啦,就坐在床上数硬币。我让我们的孩子换好多硬币,然后让他走开。我们两个人,守着一大堆硬币,逐渐死去。

他每晚睡前打电话给我。不讲任何话。只是让我听好听的硬币掉进储蓄罐的声音。有时我会咯咯地笑出声来。

从放钱币的那一天起,我再没有做过噩梦。

我一直都没有发现自己的病态。我在每个晚上总是放 Tori A-mos 的歌,隐隐约约的被肢解的音符,跳得想着火。我就会可怜着这个对性有恐惧的女人。我疼痛甚至想叫一叫。我没有意识到我在虐待自己。

在灼热的疼痛中等待。直到,直到电话响起。我得到营救。我可以忘乎所以地笑。听天籁般的金属音。睡香甜的觉。我从痛苦的巅峰奔向快乐的巅峰。我在极端的喜和哀,暗与明中得到救赎。

我从来没意识到这是一种病。

3

我是一个处女。

我的这一强调并非标榜纯洁,也非遗憾自己的不谙世事。我只是经常想到这句话。有时还要多一个字:我还是一个处女。

我知道从"是"到"不是"的过程,疼。这在所难免。可是没有女孩会像我,想到"我是一个处女"就会疼。如果有时我多想了那一个字,就会更疼。

我终于明白对性恐惧的是我而非 Tori Amos。是我潜意识里希望这个我敬畏的女人和我同病相怜。

要是我生活在偏远的农村,落后守旧,贞节牌坊盛行的地方这会是一种美德。可是我在都市的生活中浸泡长大。我接受的是小资的半糜烂状态的生活方式。

我喝咖啡喝到染黑了骨头。并且只喝 esspesso。我穿风火轮一般的溜冰鞋在街巷里横冲直撞。我穿的两只袜子从不同色。我用花花绿绿的布包书,包日记的封皮。我的 T-shirt 被我剪去半只袖子。我收集的蜡烛全部点燃可以毫不费力地燃成一场事态严重的大火。我的衣服缝的纽扣是我自己用软陶烧的。

我接受烟,我接受酒。我唯独抗拒的就是性。

看杜拉斯的《情人》时,我看了一半就疼痛难耐,我起身要逃开。我是和果果一起看的。我厌恶地对她说:这女孩子可真淫荡呵。

她说你是怎么啦,你很反常啊。

我冷笑。呵呵。

她说你是怎么啦。

我不住地冷笑。呵呵呵呵。

她说你又犯病了。你有什么感到不平的啊。你有什么损失啊?

我说是啊,我没损失。我多此一举。你都不难受我难受什么?

她说好啦,都过去这么久了,你怎么不能宽恕我呢?

我问我宽恕你什么啊,你根本没错。再说和我无关。

她开始道歉,对不起。对不起。是我不好。可是我并没有得到什么啊。

我说你想得到什么啊。你还闹得不够吗。你非得惹大乱子才满意。你还喜欢说什么,让自己坏得彻底。

果果开始流泪。可是这一次,唯一的一次我没有陪她哭。甚至没有给予安慰。我关掉电视。电视上那张暗室里的床,女孩橡皮筋一样柔韧有度的身体,男人的脊背统统消失。

果果说,小蔚,我们还能做朋友吗。太艰难了,我不堪忍受。已经很久了吧,你一直一直不放过我。

她从我家的门里走出。这一次我不再有把握下一次她还能不能走进来。她知道的,我不可能发展什么朋友了。我一直活在她呼出的氧气里,虽然未必新鲜,可是足够赖以存活。

她就像一道彩虹,湿漉漉地在我心角高挂,闪光。有时印记太深楚,更像伤口。流五颜六色的血,用迷乱的色彩蒙骗我,使我暂时遗忘疼痛。

4

我不知道我爱不爱我现在的长睫毛的、虔诚地存着钱币的爱人。这个叫做卡其的男孩。

他的确可以用柔和亲切的卡其色来形容,明暗适度,无论何时永远流行的颜色。

他真是个可爱的孩子,很有礼貌。他没有惹哭我的不良记录。他从不打架。安静得像濒临绝迹的树熊。

最重要的是,他从不提性。我们只是亲吻,他的睫毛眨啊眨的,我觉得在吻一个天使。

这对我这样一个有病的孩子来说弥足珍贵。他不会使我感到疼痛。

可我想这是因为他还是个孩子。他比我小一岁,还处于蒙昧状态。等到他长大,他懂得了,他会像我的上任男友一样,对我充满暗示地说:做爱一定很美吧。

虽然我猜测自己是爱他的,但我仍会像对上任男友一样地讲:你给我滚蛋。

所以我活在恐慌里。他的长大,对我是一种威胁。

他并不是我的宠物,可是我还是会像小女孩对待宠物一样,在他长大之前将自己对他的爱截流,抛弃他。"一个处女"就会疼。如果有时我多想了那一个字,就会更疼。

我终于明白对性恐惧的是我而非 Tori Amos。是我潜意识里希望这个我敬畏的女人和我同病相怜。

我想我的一生都不能有婚姻了,当然也不会有孩子。我的病会随着年龄的增长而突兀、明显起来。我会变得奇怪而不合群。我会失去天使般纯洁的卡其。我很老的时候会因为怕孤独再搬回爸爸妈妈的家里去。

我会老得特别快。

我还是一个处女。

我仍是一个处女。

我总是一个处女。

这是我的未来。我甚至不可能再找回我的朋友果果啦。我们吵翻了。这很必然。我们的吵架有因有果,我们的吵架有根有据,我们的吵架以她这条嚣张艳丽的彩虹在我心里蒸发散失而告终。从此雨天不断,天空永不放晴,雨后彩虹无处可挂。

我曾经见《圣经》上说,真正的爱是无论这个人伤了你还是害了你,你都依然爱。

可是《圣经》上没有界定爱的方式。我承认我还是爱果果,可是这并不妨碍我一边伤害她一边爱她。行径卑鄙得一如从前的她。

5

我曾经有着蒙昧的纯澈的性幻想。

我和果果有个桃花般明艳的约定。我们要在同一天、同一时刻迎来我们的第一次。

一起痛会痛得轻一些吧。

我们十二岁认识,做了六年的朋友。我们是双生的花朵。一样的花冠一样的叶茎。我们当然也应该一起蜕变一起长大。

我们在相邻的房间里,干净的床,怀里是爱着的男孩。

我们要好多好多怒放的玫瑰花瓣,我们要好多好多玻璃灯的光亮,我们要轻细的音乐,我们要粉红色的蕾丝睡衣。

还有还有。我们要小块的白色棉布。我们固执地甚至保守地想要留住那些血。它们迅速依附在白色棉布上,它们轻唱着我们的蜕变,也或者算作是颂歌。它们很快在棉布上有了自己的姿态。不会改变的花朵的姿态。那些爱情开出的灼灼桃花。

我唯一对其有着性幻想的男孩,他不是卡其。

他一直一直和我彬彬有礼地做同学。一直一直,我们和气而彼此欣赏。可是我觉得我们离得并不远。我们再迈一步,就会在一起。他是我唯一想过要嫁的男子。

他的牙齿头发都可以用来拍广告,他的篮球和演讲可以换全校百分之九十以上女生的喝彩。他也说过小蔚真是个不错的女孩。

果果说,他不怎么样啊。我说果果你要接受他,因为你最爱的我曾想要嫁给他。

小小的我,穿着一尘不染的白色校服裙子站在离他并不远的地方,做夸张的手势,大声叫他的名字。他被我看得一清二楚。我甚至看到他茂密的头发像他的激情一样在阳光下疯长。

这是其实只发生过一遍却来回在头脑里回放的片段。

6

我和卡其去郊外。我们采新鲜的麦穗。预备回去染上各种颜色,会比花朵还好看。

卡其穿工装仔裤,戴宽沿的牛仔式的帽子。

我失神地看着他在远处采麦穗。也许他离我很近,我不确定,我看不清。可是我却感到他的茂密的头发也一样在阳光下疯长。很好看的头发,金灿灿的光泽。我想大声叫出他的名字。

可是我担心我会叫出另外一个名字。

7

正是果果,长得像 Tori Amos。

她也正像 Tori Amos 一样,是个充满诱惑的引人入胜的女子。

她小我半年。她是我最宝贝的妹妹。

她喝酒抽烟都比我凶。她的笑容比我沧桑。这是她十六岁以后的样子。她迅速成熟。她美不胜收。

她是妖惑的彩虹。

我深重的疾病开始于她十八岁的生日。她的十八岁生日过得很不同。我照例跑遍整座城市买最漂亮的卡片。买脸庞般大的向日葵。我照例亲亲她,再亲亲她,我说,祝贺你,果果,祝贺你长大成人。

果果看着我。看着我,哭个不停。

我惊讶不已,我一边为她拭泪一边说:是长大成人使你这样难受吗?

她说,小蔚,你瞧,我十八岁了。我长大了。所以今天我有一件事要向你坦白。一件做错的事。

我知道这一定很严重。

她说对不起。

我说好了,你讲吧,你是我的妹妹,你做什么错事我都永远爱你。

她笑了一下表示感激。笑容凛冽得像昨天傍晚到达这座城市的西伯利亚冷风。

我和人做过爱了。她是这样说的。隔了一会儿才开始哭。

仍旧比我想得要糟。我不知道我惋惜惊异或者气恼。我想眼前的是我的宝贝妹妹。我们有个桃花般明艳的约定。

桃花可以撕碎,约定不可以打破。

她说对不起。她一直说这个词。很多个这个废物一样的词连成一片,像乌云一样压在我的头顶。我终于问:几时?

两年以前。她说。

两年,很久了。我应该发现她在这两年里迅速成长。而我还是个蒙昧的孩子。可是我突然很心疼地看着她。我轻轻问:糟透了,是吗?

很疼。她说。很疼很疼。比你想象的还疼。她说。我抽搐了一下。我问,那么,是谁呢?

她终于被卡住了。我听见她的身体像机器一样钝重地,钝重地响。

她说出来的是我爱的男孩的名字。我念过很多遍,念得异常婉转动听的两个字。

我说,不坏啊,你是我的妹妹,你可以在各个方面替代我。

她摇头。她说,姐姐,我错了。可是我已经有报应了。我很疼很疼。像一个阴谋。他领我去破旧的旅馆,他甚至买好紧急的避孕药给我。

还有,还有,没有干净的白色棉布,没有。什么都没有。没有尊重。只有疼痛和污秽不堪的床单。他使我恶心。你知道我多么希望有白色棉布,那能使我忘记疼痛,那能使我觉得值得,那能使我坦然。

我在同一时刻哭。我的王子是这样被拉下白马来的。他神勇不再。

没有白色棉布,所以开出扭曲花朵的爱情。

疼,是的,很疼。

我就是那一刻起开始了对性的恐惧。

我应当可怜我的妹妹。我想把我的恨都浇注在那个牙齿头发都健康,一切都好的男孩身上。可是不行。

我把爱平分在男孩和果果身上。所以我的恨也必将平分。

我搂住了果果,那一刻。可是彩虹化雨,成为乌有呵。

果果,我依然爱你。可是连《圣经》也没有界定我爱你的方式。我一边伤害你一边爱你。

我和果果争吵不断。直到,直到我们看《情人》,我们必然地分开。

8

我在一次旅行中认识卡其。那是我十八岁的冬天。我第一次一个人出行。

妈妈送我到机场。我们遇到了卡其。卡其和我在一所高中,是我的学弟。我们只是隐约知道彼此的名字。妈妈把我托付给他,要他照顾什么都不懂的我。

我们开始在夜晚的机场候机大厅聊天。

我说我比你年长,我不用你照顾。

他笑着点头。他并不相信我。的确,我看来很需要照顾,一直是。

从南方城市到北方城市。开始下雪。我们道别的时候他欠我一盘有他的演讲的磁带。就是这样,他来给我送磁带,然后一次一次,我们总是答应下次带给对方什么,我们总是欠下对方什么。再也没还清。

卡其走进我的生活后,我知道我也许会被暂时解救。可是我已经深陷于暗光和 Tori Amos,以及我的性恐惧。他还是一个小孩。等他发现我的病,他会离开我。或者是我先发现他长大了,我暴跳如雷。我离开他。

可是他不同于我所有的男友。他生活极端规律。

他定期去一个有大落地窗和草坪的西餐厅。后来我才知道,那是因为那里有一个读书 club。有大扇的橱窗，里面是各种难得一见的英文版的书籍。他是会员。可以交换图书。

他自己种草莓。

他的家有半圆形的阳台，他在窗帘上钉上五颜六色的纽扣。

他信奉基督可是并不宿命。他总是说，我只是希望我的努力上帝可以看到。

他的信箱里总有好朋友寄来的画展和话剧的门票。

他从不跟别人吵架。对于评价他不喜欢的人，他总会说不人熟。他单独去见果果。只是想问问果果，我喝意式蔬菜汤是不是抵制胡萝卜，我吃 pizza 是不是拒绝洋葱。还有我喜欢的各种东西。他会一一记得。错误在于，小蔚回家太晚了。你不要怪她。他竟然还使他的妈妈和我的妈妈做成了朋友。一起逛商店一起讨论我们的朋友，我们的问题和天气变化。

我们很合适。如果时间倒回果果的十八岁之前，我还是个健康的孩子。

我和卡其也许会在白天见面，也许不见。因为这一年，我在大学他在高中。

但是每个夜晚，我都会接到他的电话。好听的金属声，敲我心室的门。

9

终于在卡其毕业后的一个夏天午后，我的卡其他长大了。

我们对坐。他说小蔚，你看，我毕业了。我想我有能力承诺我将来娶你。

我的脸立刻变了颜色。我担心他继续说下去。说到我害怕听到的。这是我爱的卡其。我无法对他说,滚蛋。

我说,好了好了。我知道了。

他说,小蔚,我一直等这一天,等了很久。我想我有些话该告诉你。

这是我熟悉的讲话模式。像果果。在她的成年仪式上,在接受了我的礼物我的祝福后她告诉我,她十六岁时和我爱的男孩发生的事。没有白棉布和庄重的爱情。

我又开始哭。我说够了,你别说了。我没有力气再恨一个人了。

卡其现出我认识他以来最痛楚的表情。他说,小蔚,你的事、果果的事我都知道。果果告诉我了。我一直装作不知道,其实我并不是你想的那样一个什么也不懂的孩子。我真的是爱上了你,像结婚的誓词一样,无论疾病与痛苦,并且我一定要娶你。

你知道什么啊,除了伤害我!我大吼。

我永远不会伤害你,你不喜欢的事我永远不会做。我一定要娶你。老了的时候一起数钱币。你不是说过喜欢钱币的金属声音,你不是说过喜欢没有噩梦的夜晚吗?你必须把我留在你的生活里。我可以撑起它。

我永远都尊重你。他最后说。

我红肿的眼睛怔怔地看他。他是个傻瓜。以他的一生来救赎这样一个病人。我说,算了,卡其,那对你不公平。

你爱我就是对我公平,你让我在你的生活里居住就是对我公平。

他说。他走近我,亲吻我。

我爱卡其。我想给他公平。

我问上帝我是否还有机会再次栽种桃花。

我在这个夏日劲猛的日光下,睁大眯着的哭着的眼睛。我看着这个男孩。我看得他一清二楚。包括他的头发,在阳光里疯长。还有他天使的翅羽。还有他眼底的一片粉红色。

粉红色真明艳啊,可以开出桃花。

我叫他的名字。卡其卡其卡其。这一次我不会叫错名字。这个无可替代的名字。

我说,卡其,我有一个很重要的问题。很重要。我要问你。

他无比温柔地问我:怎么? 小蔚。

我泪留满面。我问卡其:

你有白色棉布是吗?

心爱

1 纽扣

小朵是和我在一起六年的朋友。从十二岁到十八岁。我们在一起总是做很伟大的事情:长大、恋爱,还有一些关于何时结婚生几个孩子的计划。比起那些来,收集纽扣怎么也不能算是一件大的事情。可是很久之后的现在,长大这个无比粗糙的充满疼痛的过程已然完成。用来去爱一个人的力气像一颗在热烘烘的口腔里待太久的水果糖一样完全融化掉了。而那些晴空万里的计划仿佛是我儿时的那只秘密逃走的小鸟一样,飞舞在别人的天空里。与那些相比,收集纽扣的小细节一直像一个鲜艳的色块一样郁结在我的记忆里。

我发现原来不仅仅是我一个人成长,我那些关于纽扣的故事也在随我成长。它从一件小的事情长成了一件大的事情了。

小朵和我一直喜欢纽扣。要有彩虹的颜色。薄薄的那种。

我有一个样子长得很好看的存钱罐专门用来盛放我收集的扣子。十五岁的夏天,我们跑遍整座城市收集扣子。彩色的有两个小孔的纽扣被我们穿成手链、脚链和项链。我们穿粉红的条绒裙子,带那些小扣子。我们看起来像两个娃娃。

包扣几乎要在现在的城市里绝迹了。一颗简单的塑料扣子,可是把自己喜欢的布包在它的外面,它就变成了独一的,你的。我喜欢那些质感舒服的布扣子。它们握在手里很是温暖。

那段时间我和小朵很奢侈,我们买很大很大的一大块布来做几颗包扣。只是因为喜欢上面一小块图案,甚至有的时候仅仅是一个字母。我们用很多很多的有小花朵、小云彩、鱼骨图案的布来包扣子。后来我们发现,那些完成的布扣子简直漂亮得可以做徽章。我们用它们搭配不同的衣服,别在衣角或衣领上。得意的是我的一条黑色的条绒裤子,被我在侧面别了长长的一串洋红色带花朵图案的布扣。它们被松松垮垮地挂在上面,走路时和我一起摇摆。很好看。

纽扣还被我和小朵别在窗帘上。那年我执意换掉了我的房间里的厚重华贵的流苏窗帘。我买了星空色的单薄一点的布料,在上面随意地斜斜扭扭地缝上许多彩色的小扣子。它们像星星一样在我的这块新天空上闪闪发光。

曾经有一种布玩具猪的人气很旺。叫做阿土猪猪。我知道小朵的布玩具多得要打架了,可是我第一眼看到那只猪,还是决定买下来给小朵。因为那只猪的鼻孔是用两颗扣子做的。木头的、带着一圈一圈原木花纹的扣子,有一种我想要亲近的温暖的感觉。

小朵接过那只猪,笑,她立刻亲了亲那只猪卓越的鼻子。

最喜欢的是自己做的软陶的扣子。我和小朵去做软陶的陶吧待一个下午只是为了去做几枚根本没有衣服和它们相配的扣子。可是很满足。我做的那些扣子上面有向日葵的图案,可是每一颗扣子的颜色都不同。从艳艳的明黄色渐变到很暗的古铜色。一排扣子就像一朵葵花的生涯。

我一直喜欢扣子,棉布扣子,木头扣子。我喜欢说,它们握在手里很温暖。可是当我拿到我那些刚刚烧制好的软陶扣子的时候,我真真正正感到了手心的温暖。它们的热量一点一点散失在我的掌心里,然后它们一点一点坚硬起来。它们有我赋予的不变的样子。我的软陶扣子终究没有被缝在任何衣服上。事实上我一直在很努力地为我的扣子们找相配的衣裳。可是我想它们是如此的高贵呵,它们不应当成为一件衣服的附属。

小朵把她做的陶制扣子送给了她深爱的男孩。她给他缝在一件卡其色的衬衫上。再后来小朵漂洋过海,终于忘掉了那个把她的艺术品别在胸膛上的男子。长大之后的小朵很忙,我想她一辈子再也不会为了几枚扣子花一个下午的时间了。

我的陶制扣子仍旧在。

什么也不能捻熄我对软陶扣子的狂热,我做了很多次那样的扣子,在很多个不同的下午。

我记得最后一次是和小优一起的。小优是我爱的男孩。我们的相处很像孩子。我们分开的时候毫无困难。就像每年从幼儿园毕业的小孩子都会毫不费力地和他们从前要好的玩伴分开。只是现在,我才知道小优悄悄把他自己钉在了我的心室上。

他是我最温暖的一枚扣子。

那一次我们的软陶作品糟糕极了。两个人忙成一团,像一对夫妇在准备一顿盛大的晚餐。我觉得他揉那些陶泥的样子像是在和面。我站在他的背后,看他很用心地对付那些陶泥。他总是很有耐心。他总是像我的热乎乎的陶扣子一样温暖。我真的有一点期待和他一起过日子了。

我们做了简单的斑点狗图案的陶扣子。一人五颗。然后我们就攥着还烫手的扣子快快乐乐地回家去了。

他照例送我到我家门口的时候我突然对他说,如果我和你走散了,我就去找一找,谁随身携带着五颗小花狗图案的扣子,谁把它们当成宝贝。

只是我忘记了等到那些扣子的热量散尽,冷却坚固之后,一切都变了。此时此刻如果我真的开始寻找我走失的爱人,也许根本不会有一个人站出来承认他曾经收留过那样五颗粗糙的扣子。更不会有一个人会站出来温和地说,是的,它们是我的宝贝。

2 Kenzo 香水

我总是在我的小说里提到 Kenzo。我会要里面的女子迷恋 Kenzo,它像我过去一段日子的一个妩媚的符号。可是我想或者它已是一个休止符了。因为事实上我只有过一瓶 50 毫升的叫做"清泉之水"的 Kenzo。也许我再也不会买它了,因为它已经超越了一瓶香水的功能。有时觉得它会是一种酒,使我有一些眩晕。有时候觉得它像阿拉丁的那盏神灯,一个叫做回忆的妖怪会在我打开瓶子的那一刻猛然跳出来。

然而我竟然有一点向往那个名为回忆的妖怪。它有着带有降伏魔力的美丽。

Kenzo 是男孩小优用的。他以一封信的方式和我认识。那封信写得十分深情。蓝色信笺,上面是这样的味道。那种很淡很淡的味道居然喷薄而出地涌向我。

我和小优站在一棵春天的树下谈话,那是我们最初认识的日子。树是一棵很弯曲的梧桐。上面落下粉紫色的花朵。我一直不知道那种花的名字。后来小优叫它们桐花。我觉得真是好听。是的,我们站在一棵不断落下桐花的梧桐树下谈话。我闻到了一种香味。香味很含混,我无法辨别它是来自头顶的梧桐树还是来自我对面的男孩小优。可我知道它是一种新生的味道。是一种生涩的纯净。新生的是这个青草绿的春天,还有我和男孩小优喑哑的故事。

我记得那个时候他有一张恐慌的脸,对整个世界的恐慌。他那个时候是个柔弱的孩子,做过的一些荒唐的事情搞得他遍体鳞伤。他终于有一天看到我,他走向我来喜欢我。

他走向陌生的我,为了来喜欢我。那一刻我看到这个恐慌的小孩有着万劫不复的勇敢。无畏和无助在他的脸上氤氲成一片。

他常常写一些异常分裂和支离破碎的文字。他知道那是我喜欢的。他就拿给我来看。

是很旧的一个本子。我又一次闻到了 Kenzo 的味道。我觉得 Kenzo 舒缓的味道和他锋利的文字很不相称。可是他们已经融合在一起了,没有一点痕迹地成为一体。当我再次闻到 Kenzo 的味道的时候,我就会想起小优的文字。他在诗里写:

给我一杯水,我就善良起来。

我记得那种 Kenzo 的名字刚刚好叫"清泉之水"。是它使我的小优善良起来的么。

然而事实上我和小优之间是不应该有故事的。因为我们两个人都太会写故事,我们都太崇拜痛彻心扉的人生,所以我们彼此折磨来书写一个疼痛的故事。可是到了故事的尾声的时候我们才蓦地发现我们的故事是这样的俗气,于是两个人都很失望。

最后我离开了。我喜欢我们的那场分别,它很动人。下雪。对坐在空无一人的摩天轮上。等到摩天轮上升到顶端的时候,我们碰碰彼此的嘴唇。我落下眼泪来。他没有找到可以擦眼泪的手帕,摘下他的白色毛线手套给我擦眼泪。我很贪婪地把手套覆盖在脸颊上,吸取这上面凛冽的 Kenzo 的味道。那是一种迂回婉转的味道,引领着我走了很远,走到深深的过往里,却只是为了说一句再见。

我拥有过很多香水。CD,Lancome,Boss。它们完全可以比 Kenzo 更好。我热爱它们,因为它们单纯。它们仅仅是香水。我却不敢拥有 Kenzo。我不知道被收藏在那种香味里的过往会不会在我打开瓶子的那一刻骇然地冲出来,迅速在我的头顶聚集成一块小云彩。从此我将生活在雨天。

然而大家都知道,小悦是喜欢 Kenzo 的。离开从前的城市的那一天,筱筱赶来看我。送来了 Kenzo。筱筱那三年里一直都和我在一起。她看着我爱,看着我分开。

在我那些坍塌破碎的日子里她总是平和地命令我:小悦要好好的。

Kenzo 是用小小的玻璃瓶子盛放的。透明的玻璃上面反射出幽幽的蓝色。是和小优的同一系列的女用香水。一样凛冽的味道。

相似的味道又一次袭来。我又看到那年春天的桐花啪啦啪啦地从高高的树上掉下来。我又看到小优黑色好看舒展的文字，一排，又一排。我又看到笨拙的摩天轮嘎吱嘎吱地转动起来。

我突然觉得所有的往事都运转起来。于是周围很嘈杂。在一片热闹中，我听到筱筱说：

用它来纪念那一段光阴吧。

3　核桃

我有很长一段时间疯狂地喜欢吃核桃。那段无聊的光阴里，我常常一个人搬个小凳子坐在可以被太阳晒到的阳台上，用小锤子砸新鲜的核桃。我一边砸一边吃。放点音乐。然后我的锤子的节奏就可以和着音乐的节拍。很幸福。

我小的时候是由保姆照顾的。那个眼睛大大的小瑛阿姨对我很好。她和我坐在两个小板凳上。我和她并排坐着。她一边给我砸核桃吃，一边给我讲神话故事。我需要做的仅仅是竖起耳朵听故事和张开嘴巴吃核桃。我觉得她真好，我将来也要砸核桃给她吃。可惜还没有来得及等到我实现这个计划，她就嫁掉了。那家人在很穷僻的山坡上。小瑛阿姨又回到了她来的山区。可是她说很好。她说那家人有好几棵核桃树。

以后的十几年里，小瑛阿姨每年都要进一次城来我们家，给我带来新鲜的核桃。她有了自己的孩子。是个很淘气的男孩。我很失望。我想应该是个女孩的。安安静静地坐在小板凳上，听小瑛阿姨讲故事,张开小嘴巴吃核桃仁。我想那样的小女孩该多么幸福。

核桃在我的字典里原本只代指简单的快乐。然而后来,它却复杂了。

高中的时候,有一个胡姓的男孩被我叫做核桃。

我问他,你见过刚刚成熟的核桃果实么?你就像它一样。

他说,是什么样子?

我说是青青绿色的柔软的。有一点孱弱,有一点苦涩。然后在周围空气和风里渐渐变得坚硬起来。

男孩核桃是个样子好看,傲慢任性的小孩。坐在我们班级的最后一排,不乱讲话,也不听课。我的位子离他很远,好像从来不认识一样的。然而事实上我们每天打电话,讲很多很多的话。

那时他有一个小小弱弱的女朋友。那时我有一个高高大大的男朋友。那时他厌倦了女友的小脾气和眼泪。那时我厌倦了男友的喋喋不休和软弱。我和男孩核桃遇上的时候我们两个人都已经疲惫不堪。我们在电话里大声发着牢骚,彼此嘲笑。他问我为什么不离开他。我反问,那么你呢?

是的,我觉得我一直在怂恿他一样。终于男孩核桃开始躲避他的小小的女朋友,他终于和她分开。

那是冬天的故事,所有的事情都像寒冷的季节一样进展得很慢。我和我的高大的男友在一种缓慢的挣扎中度日。我觉得日子慢得我就要睡去了。

突然我要去上海参加作文比赛的复赛。我终于有机会抽身离开。我跟我的高大男友道了别。可是我回来的时候却没有告诉他。

我觉得那样的道别很圆满了。就当我不会再回来一样吧。

我下了返程的飞机。在机场,要过年了,我很想很想见见男孩核桃。我打电话给他,说我回来了,并且我决定了,我和我的男朋友要分开了。

我就去他家做客了。他家是我喜欢的样子。他的房间被他粉刷成了我喜欢的蓝色。

4 Lamb

Louise Rhodes 有着水墨画一样氤氲的脸孔。梳着冲天的辫子可是看起来没有一点邪气和妖娆。只是温情和优雅。是的,她已经是一个妻子了。是 Andy Barlow 的妻子。那个有着男人眼睛和男孩脸孔及身材的鼓手。

看过的几张他们的照片,他们都是并排站着,很谦逊地笑,两个人脸上的笑容是延绵相连的。像是来自一个脸孔上的景致。起初的一张上,女人穿着卡其色麻制的宽松上衣。男人穿着灰蓝色的简单背心,身后是面昏黄颜色的墙。看起来觉得是他们很年轻的时候。是他们仍旧是小孩的时候。带着干净的忧伤。第二张是黑白的。两个人都穿防雨绸面料的夹克衫。都是高高的领子卡在颈子上。仿佛他们已经穿过了年轻的青涩。交换了彼此的故事。都觉得应当留在彼此的生活里。这样会很安全,很明亮。于是相爱。可是交织在往事里的喘息和喋喋不休的自白常常出现在他们的对话里。黑色梦魇仍旧会冉冉升起,对抗着明亮的爱情种下的理想。

Lamb 一直是我很喜欢的一支 Trip-Hop 风格的乐队。成员是一对夫妇。Louise 和 Andy。

记得是 Lei 给我带来了他们的音乐。在我家。那时候我们很相爱。他顺手把 Lamb 的 CD 放进去。我们聊天和听他们的音乐。我记得突然 Lei 说,你听到这一段了么。他说,我每次听到这一段都很疼。那是一段打击乐。重复。激进。一段比一段高亢和尖锐。我在每一段的最后都以为这种重复到了极致,要结束了,因为不可能更加尖锐和紧迫了。可是他们一直一直地重复下去了。喘息喘息。我听到那个女人妖孽一样的声音被围困在什么地方,不停地碰撞,寻找出口。破碎可是仍旧不休。我和 Lei 已经停下来不能够讲话了。我觉得他们把我陷害到了井底。使我淹没在他们波光粼粼的哀伤演绎当中。

那是他们的首张唱片。我一直喜欢 Trip-Hop 的风格。喜欢他们最多,胜于大名鼎鼎的 Portishead,Massive Attack。觉得他们有的时候很温情,然后蓦地残酷起来。像一条无比华美光洁的丝巾。可是我居然从来都不知道它也是可以勒死人的。死在一个温暖而柔软的笑容里。

我承认我的评价并不中肯。因为我看了他们的照片,知道他们的一小部分故事。我觉得他们并排站在一起的样子很好看,带着一种绝望的荣光。相爱漂洗了他们年少时候的压抑和无助,使那些个跟随的忧伤泛起了模糊的暖光。就像一个经过美化和修饰的伤口才可以示人。才有了它的观赏价值。看到乐评上说,第二张唱片里 Louise 甚至用了她尚在肚子里的儿子的心跳声作为 Sample。她也邀请她的儿子来观赏她的伤口了。那是他们应当纪念的过往。是他们曾经独处时候的脆弱,写在他们相爱之前,写在他们的宝贝出世之前。

Lei 可以去写专业的乐评。所以他很中肯。所以他爱 Lamb,可是他仍是会爱其他很多很多的 Trip-Hop。在我和他分开很远之后的一天,我打电话给他,带着惊喜说,我找到了 Lamb 的 *What Sound* 了。那是一张在我从前的城市里找不到的唱片。我说我一定要买给他听。

是么。他说。不用了吧。我现在只听歌剧了。

他带着他居高临下的高贵。我觉得他长大了,顺利摆脱了他少年时候的迷惘和彷徨。他和我也交换了故事。可是彼此觉得无法居住在彼此的生活里,因为太多的支离破碎。我们都不是杰出的医师。我们都是太过猥琐的孩子,在对方血肉模糊的伤口前掉头逃跑。我想 Lamb 可真伟大。他们做着怎样的事业呵。他们解剖着他们曾经的忧伤。把它们打扮漂亮带到人前。

可是其实我还没有说完。我很想告诉 Lei,新的唱片封套上,他们仍旧是并排站着,只是脸孔朝着相反的方向,表情迥异。不知道相爱是不是仍旧继续着。不知道忧伤倾诉之后他们是不是才思枯竭。我还想说,其实那天在我家,我们一起听那张唱片的时候,真的很应该拍张照片。那个时候,我们有着延绵相通的表情。很一样。

我们那个时候,并排站着。

葵花走失在1890

1

那个荷兰男人的眼睛里有火。橙色的瞳孔。一些汹涌的火光。我亲眼看到他的眼瞳吞没了我。我觉得身躯虚无,消失在他的眼睛里。那是一口有着火山温度的井。杏色的井水漾满了疼痛,围绕着我。

他们说那叫做眼泪。是那个男人的眼泪。我看着它们。好奇地伸出手臂去触摸。突然火光四射。杏色的水注入我的身体。和血液打架。一群天使在我的身上经过。飞快地践踏过去。他们要我疼着说感谢。我倒在那里,恳求他们告诉我那个男人的名字。

就这样,我的青春被点燃了。

2

你知道么,我爱上那个眼瞳里有火的男人了。

他们说那团火是我。那是我的样子。他在凝视我的时候把我画在了眼睛里。我喜欢自己的样子。像我在很多黄昏看到的西边天空上的太阳的样子。那是我们的皈依。我相信他们的话,因为那个男人的确是个画家。

可是真糟糕,我爱上了那个男人。

我从前也爱过前面山坡上的那棵榛树,我还爱过早春的时候在我头顶上酿造小雨的那块云彩。可是这一次不同,我爱的是一个男人。

我们没有过什么。他只是在很多个夕阳无比华丽的黄昏来。来到我的跟前。带着画板和不合季节的忧伤。带着他眼睛里的我。他坐下来。我们面对面。他开始画我。其间太阳落掉了,几只鸟在我喜欢过的榛树上打架。一些粉白的花瓣离别在潭水里,啪啦啪啦。可是我们都没有动。我们仍旧面对着面。我觉得我被他眼睛里的漩涡吞噬了。

我斜了一下眼睛,看到自己头重脚轻的影子。我很难过。它使我知道我仍旧是没有进去他的眼睛的。我仍旧在原地。没有离开分毫。他不能带走我。他画完了。他站起来,烧焦的棕树叶味道的晚风缭绕在周际。是啊是啊,我们之间有轻浮的风,看热闹的鸟。他们说我的脸红了。

然后他走掉了。身子背过去。啪。我觉得所有的灯都黑了。因为我看不到他的眼瞳了。我看不到那杏色水的波纹和灼灼的光辉。光和热夭折在我和他之间的距离。掐死了我眺望的视线。我看见了月亮嘲笑的微光企图照亮我比例不调的影子。我知道她想提醒我,我是走不掉的。我知道。我固定在这里。

男人走了。可是我站在原地,并且爱上了他。我旁边的朋友提醒我要昂起头。他坚持让我凝视微微发白的东方。昂着头,带着层云状微笑。那是我原本的形象。我环视,这是我的家园。我被固定的家园。像一枚琥珀。炫目的美丽,可是一切固定了,黏合了。我在剔透里窒息。我侧目看到我的姐姐和朋友。他们没有意识到自己的影子很可笑,他们没有意识到自己是不能够跳动的,走路和蹲下也做不到。

他们仅仅是几株葵花而已。植物的头颅和身躯,每天膜拜太阳。我也是。葵花而已。

可是我爱上一个男人了你知道么。

一株葵花的爱情是不是会像她的影子一样的畸形?

3

我很想把我自己拔起来,很多的时候。虽然我知道泥土下面自己的脚长得有多么丑陋。可是我想跳一跳。跟上那个男人离开的步伐。我希望他看见了我。停下来。我们面对着面。在一些明亮的光环之中。什么也不能阻隔我们的视线。我们的视线是笔直的彩虹。幸福在最上方的红色条块里蔓延成辽阔的一片。最后我对他说,我有脚了,所以带我走吧。

有过这样的传说:海里面曾经有一尾美丽的鱼。和我一样的黄色头颅。扇形尾翼。也没有脚。她也和我一样的糟糕,爱上了一个男人。她找到一个巫婆。她问她要双脚。她给了她。可是要走了她的嗓音。她非常难过,她说她本来很想给那个男人唱首歌的。不过没有关系啊她有了双脚。她跟那个男人跳了许多支舞。可是那个男人的眼神已经在别处了。她无法在他们之间架构彩虹。她发现有了双脚可是没有一条绚烂的大路让她走。鱼很焦虑。

后来怎么样了呢？

我不知道。我多么想知道,鱼她怎么样了啊。男人的眼神她挽回了么。双脚可以到达一条彩虹,然后幸福地奔跑么。

这是我的姐姐讲给我的故事。情节粗糙并且戛然而止。然后她继续回身和经过这里的蝴蝶调情了。她常常从一些跑动的朋友那里知道这样的故事。残缺但是新鲜有趣。她就把这些像蝴蝶传花粉一样传播,很快乐。对,她说那只鱼的故事的时候很快乐。她说鱼一定还在岸上发愁呢。

可是我问我的姐姐,你知道怎样能够找到那个巫婆吗？

4

我的家园在山坡旁边。山坡上有零散的坟冢。还有小小的奇怪的房子,房子上爬满葡萄酒红色的爬山虎。有风的时候整个房子就像一颗裸露在体外的健壮的心脏。我常常看到那个穿黑色衣服的女人走进去。她的眼眶黝黑,红色灯丝一样的血丝布满她的眼瞳。那是她唯一的饰物。

那一天,是一个青色的早晨。露水打在我的头发上,掉在一个摇荡的椭圆形漩涡里。他们在一起。我看见他们的简单生活,常常发生的团聚,安静的彼此结合。我常常看见别的事物的游走和团聚。我是不是要感到满足。

我仰起头,这次觉得太阳很远。昼日总是比山坡下面牧师的颂词还要冗长。

死了人。棺木上山。我看到花团锦簇,生冷阴郁。死的人总是要用一些花朵祭奠。我想知道他们只有在那些花的疼痛中才能眠去么。

花朵被剪下来。喷薄的青绿色的血液在虚脱的花茎里流出。人把花朵握在手中,花朵非常疼。她想躺一会儿都不能。她的血液糊住了那个人的手指,比他空旷的眼窝里流淌出来的眼泪还要清澈。我有很多时候想,我自己是不是也要这样的一场死亡呢。站着,看着,虚无地流光鲜血。

花朵第一次离开地面的旅行,是来看一场死亡,然后自己也死亡在别人的死亡里,一切圆滑平淡,花朵来做一场人生的休止符。

站着死去的花朵不得不听那个永远穿黑袍子的人说啊说啊。我把头别过去,不忍再看这朵将死的花。

然后我忽然就看到了山坡上,那个用血红灯丝装点眼睛的女人。她在那里眯起眼睛看这场葬礼。她也穿黑色衣服,可是她与葬礼无关。我和她忽然很靠近,我几乎听到了她的鼻息。

还有一点被死亡、哭喊声死死缠绕而不得脱身的风,低低地呜咽着。

她看到了我。看到我在看着她。她离我非常远,可是我相信她还是可以看出我是一朵多么与众不同的葵花。看到了我的焦躁,忧愁。看到了火上面的、欲望里面的葵花。看到了我在别的花朵死亡时疼痛,可是我依然无法抑制地想要把自己从地上拔起来,离开,跑,追随。

她向我走了过来。站在我的面前,看我的眼神充满怜悯。她说她知道我的想法。她说她是一个可以预知未来的巫婆,并且乐意帮助我。

她的声音很快也和风缠在了一起,布满了整个天空。我感到天旋地转,她说要实现我的愿望——我就立刻想到了奔跑,像一个人那样地跑,像一个人那样剧烈地喘气。像一个女人一样和他在一起。

我看到这个女人的纤瘦的手臂伸向我,轻轻触碰我,她说你可真是一株好看的葵花。

我的眼睛定定地看着她的手指。那些细碎的皱纹分割了它的完整。使它以网一样的形式出现。破碎而柔软。那些风干的手指使我必须推翻我先前对她的年龄的推测。我想她是活了很久的。她说我可以把你变成一个人。你可以走路。可以跳。可以追随你的爱人。

她的话飘在幽幽的风里,立刻形成了一朵我多么想要拥抱的云彩。我缓缓说,你告诉我吧,你要我的什么来交换。我知道一切都是有代价的。然而我不知道自己能够为你做些什么,我只是一株简单的葵花。

这时候我在想着那尾离开海洋的鱼。她有好听的声音。她的声音被交换掉了。然后她有了双脚。双脚会疼,可是她在明晃晃的琉璃地板上旋转十六圈,跳舞如一只羽毛艳丽的脸孔苍白的天鹅。我不知道她后来怎么样了。可是我仍旧羡慕她,她有东西可以交换,她不欠谁的。我的声音只有蝴蝶和昆虫还有眼前这个神能的女子可以听到。这声音细小,可以忽略,无法用来交换。

她瘦瘦的手臂再次伸向我。轻轻触碰我。她说我要你的躯体。我要你作为一朵美丽葵花的全部。

我很害怕她。可是我爱上了一个男人。我别无选择。于是我问她,怎么要我的身体和为什么要。

她说,等到一个时刻,你就又是一株葵花了。你回归这里。我要拿着你去祭奠一个人。她指给我看葬礼的方向。她说,就是这样了,你像她一样被我握在手里。然后死掉。

我也要做一场人生的终止符号了么?躺在别人华丽的棺木里,在黑衣人咒语般的祈祷中睡去了么?我看看山下那株濒死的花。她已经死去了。她睡在棺木的一角,头是低垂的。血液已经是褐色的了,无法再清澈。曾经属于她的炫目的春天已经被简单仓促地纪念和歌颂过了。她可以安心离开了。

我到死都不想离开我的爱人。我不想把我的死亡捆绑在一个陌生人的死亡上。我也不想等到棺木缓缓合上的时候,我在那笨拙的木头盒子的一角流干自己最后的血液。可是我无法描述我对那个男人的追随和迷恋。他就像一座开满山花的悬崖。我要纵身跳下去,这不值得害怕。因为这是充满回声的地方,我能听到无数声音响起来延续我的生命。我有我的双脚,我跟着他,不必害怕。

我想我会答应她。

然后我问死的会是什么人。

她说,我爱的一个男人。啊,她说是她爱的男人。我看着这个黑色里包裹的女子。她的茂密的忧伤胜于任何一棵健硕的植物。我再也不害怕。她是一个焦灼的女人。我是一株焦灼的葵花。我们在清晨这样站在了一起。她讲话的时候眼睛里带着一种碎玻璃的绝望。清晨的曦光照在那些碎玻璃上,光芒四射的绝望……我想靠近她,因为我觉得她的绝望的光芒能够供我取暖。我想如果我可以,我也想伸出我的手臂,碰碰她。

我们应当惺惺相惜。

我说好啊。我愿意死了作为祭品。可是啊,为什么你会挑选我。你是一个人,你有可以活动的双手和双脚,你完全可以随便采一株花,你喜欢的,你爱人喜欢的花,放在他的墓上。你根本不必征询花朵的同意。

她说,我要找一株心甘情愿的花。让她在我爱人的葬礼上会合着人们为他歌唱,她会认真地听牧师为他念悼词。她会在我爱人的棺木合拢的那一刻,和其他的人一起掉下眼泪来。

风和云朵都变得抒情起来。我开始很喜欢这个女人。她的男人也一定不喜欢她。可是她努力地想要为他做一点事情。即使到了他死的那一天也不放弃。

我说,好的,我会在你爱人的葬礼上做一株心甘情愿的葵花。为他歌唱和祈福。可是你告诉我,我可以拥有双脚活多久。

幽怨的女人说,不知道。你活着,直到我的爱人死去。他也许随时会死去。然后你就不再是一个女子。变回一株葵花。我会折断你的茎干。带你去他的葬礼。就这样。

她好像在讲述我已然发生的命运。她安排我的死亡。她对我的要求未免过分。可是我看着这个无比焦虑的女人,她给她的爱情毁了。我永远都能谅解她。我想不出还有什么比我同意她的计划更美妙的了。我可以长上一双脚,可以跟着那个荷兰男人,在他眼中的熊熊火焰里铺张成一缕轻烟,袅绕地和他相牵绊。而我死后会是一朵无比有怜悯心的葵花,在盛大的葬礼上给予陌生人以安慰。我和这个和我同病相怜的女子将都得到慰藉和快乐。

不是很好么。

就是这样,我用我的命来交换,然后做一个为时不多的女人。我说好吧。我甚至没有询问我将做的是怎样一个女人。肥胖还是衰老。

那一刻我从她梅雨季节一般潮湿的脸上隐隐约约看到了春天里的晴天。

她说,那么你要去见你爱的男人对吧。

我说,不是去见,是去追随他。

女巫看看我说,我把你送到他的身边去。可是你对于他是一个陌生人,这你懂得吧。

我说不是的。他天天画我,他的眼睛里都是我。我已在他的视网膜上生根。纵然我变成一个人,他也认得我的。

女巫定定地看着我。我知道她在可怜我了。我的固执和傻。

于是我们两个就都笑了。

那时候天已经完全黑了下去。我们的谈话抵达尾声。她再次靠近我,身上的味道和衣服一样是黑色的。我对黑色的味道充满了惊奇。我习惯的是明亮的黄色在每个早晨横空出世时炸开一样的味道。我觉得黄色的味道很霸道。带有浅薄的敌意和轻蔑。红色的味道就是我在黄昏里常常沉溺的味道。每棵葵花都迷恋太阳,然而我喜欢的,正是夕阳。我看着那颗红色的头颅缠绕着红黄的云絮,她是那么地与众不同。把自己挂在西边的天空上,是一道多么血腥的风景。

当然,红色可以烧烫我莫可名状的欲念,主要还是因为那个荷兰男人。

我爱上那个荷兰男人了,你知道的啊。

红头发的男子,红色明艳的芬芳。他的脸上有几颗隐约的雀斑,像我见过的矢车菊的种子。却带着瓢虫一般的淘气的跳跃。他的眼睛里是火。折射着包容与侵蚀的赤光。我知道那会比泥土更加柔软,温暖。

这些红色使我真正像一棵春天的植物一般蓬勃起来。

现在的这个女人是黑色。我没有词汇来赞美她因为我不认识黑色。黑色带着青涩的气味向我袭来。我没有词汇赞美她和她的黑色,可是我喜欢她们。

她的黑色就像是上好的棺木,没有人会想到去靠近,可是谁又可以拒绝呢。人们诅咒它或者逃离它,可是忍不住又想留住它。它在一个暗处等待着。

这时候女人又说你可真是一株美丽的葵花。

她说,你知道葵花还有一个名字叫什么吗?望日莲。多么好听的名字呵。

5

那个男人的名字是文森特·梵高。我不认识字,可是后来我看到了他在他的画旁边签下的名字。我看到他画的是我。是我从前美丽的葵花形象。我看到他签的名字依偎在我旁边。文森特和我是在一起的。我看到我的枝叶几乎可以触碰到那些好看的字母了。我想碰碰它们。我的文森特。我的梵高。

我成为一个女人的时候,是一个清晨。大家睡着,没人做噩梦。很安详。我被连根拔起。女巫抓着我的脖颈。她的手指像我在冬天时畏惧过的冰凌。

我说我不疼。我爱卜了一个男人。那个男人的眼睛里有火。他要来温暖我了。

我闭上眼睛不敢向下看。我的脚是多么丑陋。它们有爬虫一样的骨骼。

我担心我要带着它们奔跑。我担心我倒下来,和我的文森特失散。一群天使从我身上踏过,可是没有人告诉我他的下落。

我很冷。清晨太早我看不到太阳。我的家人睡着我不能叫出声来。

我脚上的泥土纷纷落下。它们是我从前居住的城堡。可是它们都没有那个男人的那颗心温暖。现在我离开了泥土,要去他心里居住。

所以我亲爱的,干什么要哭呢。我不过是搬了搬家。

6

我来到了圣雷米。太阳和河流让我看到了自己的崭新的影子。女人匀称的影子。我沿着山坡的小路向上走。树很多,人很少。我看到山坡上的大门,外面站着三三两两的病人。他们带着新伤旧病向远处张望。

我走得很慢。因为还不习惯我的双脚。它们是这样的陌生。像两只受了惊吓的兔子,恍恍惚惚地贴着地面行走。可是它们是这样的雪白。我有了雪白的再也没有泥垢的双脚。

我紧张起来。进那扇大门的时候,我看到周围有很多人。我想问问他们,我是不是一个样子好看的女人。我没有见过几个女人。我不知道头发该怎样梳理才是时兴的。我来之前,那个黑衣服的女巫给我梳好头发,穿好衣服。她说她没有镜子,抱歉。

镜子是像眼睛和湖水一样的东西吧。

我想问问他们,我是不是一个好看的女人。因为我曾经是一株很好看的葵花。我曾经在文森特的画布上美丽成一脉橘色的雾霭。那是文森特喜欢的。

我穿了裙子。是白色的。就像山坡上那些蒲公英的颜色。带一点轻微的蓝。看久了会有一点寒冷。也许是我看太阳看了太多个日子。我的白色裙子没有花边。可是有着恰到好处的领子和裙裾。这是护士的装束。我现在戴着一顶奇怪的小帽子,白色的尖尖的,像一朵没有开放的睡莲。可是但愿我有她的美丽。我的裙子上边布满了细碎的皱褶,因为我坐了太久的车,圣雷米可真是个偏僻的地方。云朵覆盖下的寂寥,病人焦灼的眼神烧荒了山野上的草。

我以一个女人的身份,以一个穿白色护士裙子的女人的身份,进了那扇大门。

这个男人,这个男人的眼睛里有火。仍旧是赤色的,呼啸的。这个红色头发、带着雀斑的男人,穿着一身病号服,在我的正前方。这个男人的手里没有拿画笔,在空中,像荒废了的树枝,干涸在这个云朵密封的山坡下面。他还能再画么?

这个男人还是最后一次收起画笔在我眼前走掉的样子,带着迟疑的无畏,带着晒不干的忧愁。可是他不再是完整的。他残缺了。我看到他的侧面。我看到他的前额,雀斑的脸颊,可是,他的耳朵残缺了。我看到一个已经仓促长好的伤口。想拼命地躲进他的赭石色头发里,可是却把自己弄得扭曲不堪。褐色的伤疤在太阳下面绝望地示众。

我曾经靠那只耳朵是多么的近啊。他侧着身子,在我的旁边,画笔上是和我一样的颜色,沾染过我的花瓣和花粉。我当时多么想对着他的那只耳朵说话。我多想它能听到。他能听到。我多想他听见我说,带我走吧,我站在这里太久了,我想跟着你走。和你对望,而不是太阳。我至今清晰地记得那只耳朵的轮廓。可是它不能够听到我的声音了。

我在离他很近的地方,带着换来的女人的身体,叫他的名字。我轻轻地叫,试图同时安慰那只受伤的耳朵。

他侧过脸来。他是这样的不安。他看到一个完全陌生的女人。这个女人叫他的声音近乎一种哀求。这个女人穿白色衣服,戴着帽子,一切很寻常。

我无比轻柔地说,文森特,该吃药了。

7

这是圣雷米。云朵密封下喘息的山坡,医院,门,病人,禁锢,新来的护士,和文森特。

我有很多个夜晚可以留在文森特隔壁的房间里守夜班。夜晚的时候,圣雷米的天空会格外高。医院开始不安起来。我知道病人的血液有多么汹涌。他们的伤痛常常指使他们不要停下来。大门口有很健壮的守卫。他们坏脾气,暴力,喜欢以击退抵抗来标榜自己的英勇。我听到夜晚的时候他们和病人的厮打。我听见滑落的声音。血液,泪水和理智。这是一个搏击场。

我是一个小个子的女人。他们不会唤我出去。我站在墙角微微地抖。我害怕我的男人在里面。

我总是跑去他的房间。他坐在那里。手悬在空中。桌子上是没有写完的半封信。他很安静,然而表情紧张。

我说圣雷米的夜晚可真是寒冷。我坐在他的旁边。他穿一件亚麻色的阔衫,我看到风呼呼地刮进去,隐匿在他的胸膛里。他的手指仍旧在空中。他应该拉一下衣领的。

做点什么吧,做点什么吧,文森特。

我是多么想念他画画的样子,颜料的香甜味道,弥散在我家的山坡上,沾在我微微上仰的额头上。那时候我就发起烧来。一直烧,到现在。我现在是一个站在他面前的为他发烧的女人。

他的灵活的手指是怎么枯死在温润的空气里的?

画点什么吧,画点什么吧,文森特。

这个男人没有看我。他确实不认识我,他以为他没有见过我,以为他没有记住过我。他受了伤吧,因为受伤而慵懒起来。于是懒得回忆起一株葵花。他坐在冻僵的躯体里,行使着它活着的简单的权力。

我想让他画。我去取画笔。返回之前终于掉下眼泪。我要感激那个巫婆,她给我完整的躯体,甚至可以让我哭泣。泪水果然美丽,像天空掉下来的雨一样美丽。我想念我的山坡,我在山坡上的家园,和我那段怎么都要追随这个男人的光阴。

我回到房间里。把画笔放在他的手心里。他握住它。可是没有再动。我的手指碰到他的手指。很久,我们的手指都放在同一个位置。我坐下来,像做一株葵花时候一样的安静。我看着我的手指,只有它保留着我曾经做植物时的美好姿态。

8

凯。

凯是谁。

凯是个总是以微微严肃的微笑端坐在他的忧伤里的女子。

他的记忆里凯总是在一个比他高一点点的位置上,黑色衣服。凯摇头,说不行。凯一直摇头,她说着,不行不行。

我看到凯的照片的时候想到了月色。葵花们是不怎么喜欢月色的。葵花崇拜的是太阳和有密度的实心的光。可是这无法妨碍月光依旧是美丽的意象。

凯仍旧是迷人的女子。带着月光一样空心的笑,是一个谁都不忍心戳破的假象。

她对着文森特一再摇头。她掉身走了。她听不见身后这个男人的散落了一地的激情。

一个妓女。文森特和她说话。

文森特看着这个怀孕的忧愁简单明了的妓女。他觉得她真实。她不是月光的那场假象。她不抒情不写意可是她真真实实。他看到山坡上的葵花凋败了或者离开了。他看到凯美好的背影。看到整个世界落下大雾。他终于觉得没有什么比真实更加重要了。他把小火苗状的激情交到她的掌心里。

那是不能合拢的掌心呵。无力的滑落的激情掉下去,文森特愕然。

另外的画家。才华横溢。他来到文森特的小房间。他真明亮呀。他明亮得使文森特看到他自己的小房间灼灼生辉,可是他自己却睁不开眼睛了。他被他的明亮牵住了。不能动,不再自由了。

他想和这个伟大的人一起工作吃饭睡觉。他想沿着他的步伐规范自己。因为他喜欢这个画家的明亮生活。他想留下这个路经他生活的画家。他甚至重新粉刷了他们的房间。黄色,像从前我的样子。可是明亮的人总是在挑衅。明亮的人嘲笑了他的生活吗?鄙视了他的艺术吗?

争执。暴跳。下大雨。两个男人被艺术牵着厮打起来。那个明亮的伟大的人怎么失去了和蔼的嘴角了呢?凶器凶器。指向了谁又伤害了谁呢？明亮的人逃走了。黄色小房间又暗淡下来。血流如注。文森特捧着他身体的那一小部分。它们分隔了。他愤怒，连属于他自己身体的一部分都在离开他。

他是一个十字路口。很多人在他的身上过去，他自己也分裂向四方，不再交合。

9

我来晚了。亲爱的文森特。我来之前发生了这样多的事情。我现在站在你的面前，可是你不能分辨我。你不能把任何东西交到我的手中了。

我千方百计，终于来到你的面前，追随你。亲爱的，我是不会干涸的风。

你好起来，我和你离开圣雷米。

是的，我想带你走。我们两个去山坡你说好吗？我们不要听到任何哭声。我也不会再哭，你说好吗？我们还能见到其他的葵花。我喜欢榛树的，我们把家建在旁边吧。叶子落了吧，厚厚的聚集。聚集是多么好呀。文森特，跟我回家吧。

我决定悄悄带走这个男人。掀起覆盖的压抑呼吸的云彩。我们离开圣雷米。我想就这个夜晚吧。我带着他走。他很喜欢我，我总是用无比温柔的声音唤他吃药。他会和我一起走的。

这个下午我心情很舒畅。我早先跟着别的女人学会了织毛衣。我给文森特织了一件红色的毛衣。枫叶红色，很柔软。

我在这个下午坐在医院的回廊里织着最后的几针。我哼着新学来的曲子,声音婉转,我越来越像一个女人了。我的心情很好。隔一小段时间我就进去看一下文森特。他在画了。精神非常好。也笑着看他弟弟的来信。

一个小男孩抱着他的故事书经过。他是一个病号。苍白好看的病号。我很喜欢他,常常想,我将来也可以养一个小孩吗。我要和他一样的小男孩。漂亮的,可是我不许他生病。

小男孩经过我。我常常看见他却从来没有叫住过他。今天晚上我就要离开了,也许是再也看不到他了。我于是叫住了他。

他有长的睫毛,也有雀斑,我仔细看他觉得他更加好看了。

我说你在做什么。

他说他出来看故事书。

什么书呢?我是好奇的。那本靛蓝色封套的书他显然很喜欢,抱得很紧。

他想了想。把书递给我看。

我笑了,有一点尴尬的。我说,姐姐不认识任何字。你念给我听好么?

他说好的。他是个热情的小男孩。和我喜欢的男人的那种封闭不同。

我们就坐下来了。坐在我织毛衣的座位上,并排着。

他给我念了一个天鹅的故事。又念了大头皮靴士兵进城的故事。很有意思,我们两个人一直笑。

后来,后来呢,他说他念一个他最喜欢的故事。然后他就忧伤起来。

故事开始。居然是那只鱼的故事。那只决然登上陆地争取了双脚却失去了嗓音的鱼。故事和姐姐说的一样。可是我却一直不知道结局。那只脚疼的鱼在陆地上还好吗?

所以我听他说的时候越来越心惊肉跳。越来越发抖。我在心里默默祝福那只鱼。

可是男孩子用很伤感的声音说,后来,美人鱼伤心呀,她的爱人忘记她了。她不能和他在一起了。她回到水边。这个时候是清晨。她看到清晨的第一缕曦光。她纵身跳了下去。化做一个气泡。折射了很多的太阳光,在深海里慢慢地下沉。在那么久之后,我终于知道了那只鱼的命运。

我不说话。男孩子抬起头问我,姐姐,故事而已呀,你为什么哭呢?

10

这样一个傍晚,圣雷米的疗养院有稀稀落落的病人走来走去。不时地仍有人争执和打架。有亲人和爱人来探望患者。有人哭了有人唏嘘长叹。

我和男孩子坐在回廊的一个有夕阳余晖和茶花香味的长椅上,他完完整整地念了这个故事给我。我想到了我答应女巫的誓言。我想到那只鱼的堕海。我应该满足我终于知道这个故事的结尾。我知道了,就像我看见了一样。我看见她纵身跳进了海洋。她又可以歌唱了。

我知道了,所以我应该明白:所有的一切都没有完满。爱曾是勒在那只鱼喉咙上的铁钩,那只鱼失语了。她被爱放开的时候,已经挣扎得非常疲惫了。她不再需要诉说了。

爱也是把我连根拔起的飓风。我没有了根,不再需要归属。现在爱也要放掉我了。

男孩子安慰我不要哭。他去吃晚饭了。他说他的爸爸晚上会送他喜欢吃的鳜鱼来。他说晚上也带给我吃。我的爸爸,他仍旧在山坡上,秋风来了,他一定在瑟瑟发抖。

男孩子走了。正如我所骤然感觉到的一样。女巫来了。她站在我的面前。她没有任何变化。灯丝的眼睛炯炯。

她说她的爱人最近要死去了。她没有再继续说下去。我们是有默契的。她相信我记得诺言。

我要跟她回去了。像那只鱼重回了海洋。

我说,请允许我和我的爱人道别。

她跟着我进了文森特的房间。

文森特歪歪地靠在躺椅上睡着了。画布上有新画的女人。谁知道是谁呢。凯,妓女,或者我。

谁知道呢,反正我们都是故人了。

我把我织好的毛衣给他盖在身上。红色的,温暖些了吧,我的爱人。

女巫一直注视着这个男人。她很仔细地看着他。

是因为她觉得眼前这个男人奇怪吗。没错,他失掉半只耳朵,脸上表情紊乱,即使是在安详的梦里。

女巫带着眼泪离开。

再见了,文森特。

11

女巫和我并排走在圣雷米的山坡上。我看见疗养院渐渐远了。爱人和杂音都不再了。

我和女巫这两个女人,终于有机会一起并排走路说话。

我问,你的爱人死了吗?

她说,我预计到他要死去了。

我问,你不能挽救吗?

她说,我的挽救就是我会去参加他的葬礼。

是的,有的时候,我们需要的是死时的挽留但并不是真正留下。

我再次回到我的山坡。秋季。荒芜和这一年里凋零的花朵涨满了我的视野。

我的家园还在吗?我的亲人还能迎风歌唱吗?

我没有勇气再走近他们了。

我绕着山坡在周围游走。我看见一只原来和姐姐做过朋友的蝴蝶。他围绕着别的花朵旋转和唱歌。

我的姐姐,她还好么。

第二天,女巫把脸干干净净洗过,换了另外一条黑色裙子。她说就是今天了。她爱的男人死了。葬礼在今天。她说,你要去了。我说,好的。我们去。我会拼命大声唱葬歌。

女巫让我闭上眼睛。

她的魔法是最和气的台风。转眼我又是一株葵花了。她把我攥在手心里,她说,我仍旧是一朵好看的葵花。

我迅速感到身内水分的流失。可是并没有如我想象的那样疼痛。我笑了,说谢谢。

她的掌心是温暖的。我用身体拼命撑住沉重的头颅,和她一起去那场葬礼。

葬礼和我想象的不同。只有寥落的人。哭泣是小声的。

女巫径直走向棺木。她和任何人都不认识。然而她看起来像是一位主人。两边的人给她让开一条路。她是一个肃穆的女人。她紧紧握着一株饱满的葵花。我是一株肃穆的葵花。

棺木很简陋。我看见有蛀虫在钻洞,牙齿切割的声音让要离开的人不能安睡。

我终于到达了棺木旁边。我看清了死去的人的脸。

那是,那是我最熟悉的脸。

我无法再描述这个男人眼中的火了。他永远地合上了眼睛。雀斑,红色头发,烂耳朵。这是我的文森特。

女巫悄悄在我的耳边说,这个男人,就是我所深爱的。

我惊喜和错愕。

我又见到了我的文森特。他没有穿新衣服,没有穿我给他织的新毛衣。他一定很冷。

不过我很开心啊。我和你要一起离开了。我是你钟爱的花朵。

我曾经变做一个女人跑到圣雷米去看望你。我给你织了一件枫叶红的毛衣。这些你都可以不知道。没有关系,我是一株你喜欢的葵花,从此我和你在一起了。我们一同在这个糟糕的木头盒子里,我们一同被沉到地下去。多么好。

我们永远在我们家乡的山坡上。

我们的棺木要被沉下去了。

我努力抬起头来再看看太阳。我还看到了很多人。

很多人来看你,亲爱的文森特。我看见凯带着她的孩子。我看到了那个伤害过你的妓女。她们都在为你掉眼泪。还有那个明亮的画家。他来同你和好。

当然还有这个女巫,她站在远远的地方和我对视。我和她都对着彼此微笑。她用只有我能听到的声音对我说:这是你想要的追随不是吗。

我微笑,我说,是的。谢谢。

她也对我说,是的。谢谢。

痣爱

题记:长在眼睛下面的痣是泪痣。长着长在眼睛下面的痣的女孩注定天生爱哭泣。我面对镜子审视着右脸颊的痣。这朵褐色的小花在悄无声息地生长,越发大而清晰。我不知道是因为我长大了,然后它就随我长大了,还是这些日子以来的泪水太多了,充沛的泪水灌溉了它。

1

今天逃掉了晚自习,买了一瓶冰水,在操场找到一块干净的石头,坐下来哭。哭的声音很小,很安静。我想我是一朵在泪水中浸泡着开放的伤怀之花。多么美呵,然而这只是我自己的文学定义,或者在医学上我更适合被定义为一个精神抑郁症的病人。

今天哭得很没有道理。晚自习前一个人走了很远的路,买了一朵热气腾腾的棉花糖打算给阿柴。阿柴是和我要好的男生,善良而无邪,我喜欢时常买根棒棒糖哄哄他。棉花糖像一朵暖暖的云彩,绽放在我的掌心。纯净而祥和的白色,令人深陷的柔软质地,我想象着阿柴的嘴唇和牙齿与它们纠缠,会有一点狼狈,就陶醉地笑出声来。

可是我捧着棉花糖向学校走,我发现它在一点一点地融化,化成一滴滴浑浊的糖浆,粘在我的手指上。我慌了,手足无措。我从来都不知道棉花糖会像雪一样融化掉,会像昙花一样短暂。我真无知啊。我开始跑,越跑越快,我一定要把它带给阿柴。可是棉花糖它多么无耻啊,它化得毫不停歇,它原来是那么丑陋的颜色,锈锈的黄,像一道难堪的鼻涕,蔓延、淤积在我的手背上。一个无助的女孩擎着一朵无耻的棉花糖在大风里没命地跑。没有人可以诠释这棉花糖的意义。或者她只是想换那个喜欢的男孩一个简单的笑容;或者她是被棉花糖从美丽到丑陋的迅速演变而吓坏了,一瞬间美丽跌碎在眼前,绝望;再或者她太久没有成功地做成一件事了,她只是想完好地带它回去,实现一次小小的成功。总之那一刻这朵棉花糖对她重要极了,她的喜怒和整颗心的希望都在它的身上了。

等它完全化掉后,我就不跑了。我开始流汗和流泪,粘满糖浆的手不知该往哪里放。我是个大女孩了,我马上就要长大成人了,可我还是为了一朵棉花糖哭了。

2

我在读高三。高三生涯一开始,我就变得格外爱哭泣。因为我很累也很害怕。

大家都觉得我的害怕是一种无理取闹。因为我的成绩还不是太坏,应该会有一所大学最终收下我。而且她们总是会说,你还有阿柴啊。可是她们并不知道阿柴可不可以驱散我的恐惧。可以帮我拭泪的人并不能阻止我的眼泪呵。阿柴的成绩很好,他应该可以考上我只能仰着头望的那种大学。他却坚持要和我读同一所大学。他很固执,我注定做他沉重的尾巴。然而这只尾巴不仅沉重,并且任性,坏脾气,还是那么的爱哭泣,好像每时每刻都湿漉漉的。

阿柴说他喜欢爱哭的我,喜欢我右脸颊那颗失落的孤芳自赏的小泪痣。可事实上他在我的每一场哭泣中都充满了负罪感,他在每一次为我拭泪时都手忙脚乱。他认为是因为他没有照顾好我,对我不够好。他永远都不会明白,我是一个那么贪心的女孩,整个世界都归我控制,我还是会哭。哭是我的宣泄是我生存的凭借,我在每一次疼痛面前都只有用眼泪作为逃路。

无辜的阿柴早晚会后悔,后悔对那枚毒药般的泪痣的钟爱,以及它那神经质的主人。

3

我在操场坐了太久,我那美丽的格子裙都坐皱了。很苏格兰的裙子,细碎的流苏和沉静的红色。今天进学校大门时,校领导看到我,是这样说的,他说我注意你两年了,你的鞋跟那么高,你的衣服越来越怪了,你给我换掉这条裙子。

我很高兴我居然让他记住两年了,我的成绩没有怎样出色,却被他记住两年了。我很荣幸。但是现在我只想哭。我很伤心他不欣赏我的裙子,我今天进校门时很开心是因为我以为我穿它很美,我用这点骄傲来维系这种疲惫不堪的生活。可是我被勒令换掉它。

我一直都企图过一个神采飞扬的高三。我是个崇尚时尚的孩子,我一直都喜欢玻璃橱窗里那些花花绿绿亮光闪闪的小衣服。一个与众不同的裙褶都会让我怦然心动。我一面流连在舞动的衣衫中间,一面被恐惧啃噬着心灵。我知道下次通考名次可能要做自由落体了。我想我一辈子都会记得那种名次表的模样:很长很长的一张,密密麻麻的姓名,揪心的数码,很淡的蓝色印字,却是震撼人心的清晰啊。我喜欢在每一次看成绩时到办公室门口看同学的表情,我没有看过一个美丽的表情,它们都丑陋极了。得意的带着落井下石的邪恶,失意的便掺杂着些许的绝望和诅咒,没有一张可爱的脸。我也不例外,所以我只在没有旁人时才去看,然后躲起来一个人开心或者哭。这样才不会受伤害或者伤害别人。

我真想和我的同学们相亲相爱,彼此真心祝福。但是这不可能,我们共同被名次摧残着,都变得很丑恶。我看着这些和我一样善良的好孩子,被折磨得失去真诚,就会心痛地哭。明知道自己像极了那个担心天塌的杞人,明知道天还是很蓝,朋友们也爱我如故,可我总还是疑心我们大家都在一边长大一边变坏。一生其实就是一场腐烂,无法遏制的腐烂。

我只希望不要让我察觉阿柴的腐烂,他是多么好啊,阳光都舍不得从他的身上移开,他不许腐烂。

4

我继续坐在操场中央。我的胃很疼。我听到它的呐喊,因为它太瘪了,声音是那样空洞。我还在流泪,我想我是饿得哭了。我是一个被饥饿欺负的人,在这个富足的年代。

我曾经是个不折不扣的胖子。我有过很多和臃肿的动物有关的绰号,我一次次在大家怪异的目光里接过我那特制的校服。那时我还只是个小女孩,可是我的周围对我还是那么不宽容。我对体重计,对镜子,对体育课,对运动会,甚至对猪这种动物的恐惧到了极点。我那时就只有哭,像一头落难的小兽。我的祖母是个基督教徒,我记得有一次她带我去做礼拜,我跪在那里不肯起来,因为小小的我认为自己是有罪的,只因为我胖。

等我成长成一个少女时,便和所有女孩子一样开始热爱打扮,喜欢美丽的衣服了。但是那些装下了我的衣服,往往就不再美丽。世界对胖子残酷极了。我一直坚持一个胖女孩的青春是疼痛的,她们的心理都或多或少地有着障碍。她们的成长就好像遭遇江南绵延的雨季。

开始减肥。我承认我和大多数女孩一样喜欢零食,喜欢甜食。好吧,放弃。每一种我钟爱的食物,都是那样容易招致肥胖。我走很多的路,吃很少的东西。而且我只可以吃我厌恶的食物,我是多么仇恨它们啊。

我终于明白政治课本上讲的话,它说人和动物一样,首先是有着食欲、求生欲。我是一个多么可悲的孩子。我活得还不如一只动物。我很多时候疯狂想着的居然只是某种食物。一餐饱饭,我就会觉得世界无限明亮。我回忆起曾经养过的猫咪,它在吃饱后会坐在院落中央晒太阳,那时它的眼睛总会格外的亮。我曾鄙夷地认为它只是只没有出息的小牲畜,然而现在我想,做一只可以吃饱又不会被嘲笑的肥胖的猫是多么幸福呵。

我的理智是不允许我接受充足的食物的。我只有饿着,精神才会快乐,才可以幻想明天站在秤上时,会发生奇迹。如果我吃了我喜欢的食物,吃得很愉快,我吃完就会很难过,像小时候那样觉得自己有罪,担心自己会像个气球一样骤然膨胀,然后我会因为害怕而哭泣。这就是我要为我的一次美餐所付出的代价。

很高兴我终于在长久的这样的折磨下瘦下来。我不再需要特制校服,我可以在大家谈论身材时不必离开了。但是我的一生都必须这样度过,我不想再做胖子,就必须永远告别美食。减肥将是我一生的事业,它使我的精神时刻恐惧,我在那些精神或者肉体痛苦的时刻就会失声痛哭。

我一时间变得很受瞩目,也很值得尊敬,女孩子们都说我是个有着超凡毅力的人,是楷模。她们吃着吃着饭,会放下碗筷,说要向我学习,她们激烈地讨论了我是不是一粒一粒吃米饭。她们不知道我早已彻底告别米饭这种洁白可爱的食物啦。真的,我频频去麦当劳,可是每次只要一杯咖啡。

我趾高气扬地穿上了那些梦寐以求的衣裙,我笑容可掬地在大家的目光里穿梭。可是她们一定听过《海的女儿》的童话,海的女儿被赐予了双脚,可是她跳舞时就像在刀尖上一样的痛。安徒生描述说,她的内心在淌血。是的,如我。

阿柴早在我很胖时就喜欢上我了,这是我一直十分得意的一件事。他无数次说,小丫头,不要这样折磨自己,你多胖我都会喜欢你的。每一次他讲到这里,我都会止不住地落泪。

谢谢,阿柴。

我常常担心在一个新的早晨发现自己又是从前那个胖胖的可怜兮兮的小女孩了,周遭是些熟悉或者陌生的声音在嘲笑,我被围困在中央,只有伸出肥乎乎的小手,自己为自己揩去眼泪。

每次看到那种在神父面前的婚礼,每次听到那一段在上帝面前的誓言:无论健康或者疾病,无论富贵或者贫穷,都将不离不弃,我就下定决心,在我将来的婚礼上我一定让我的丈夫补上一句"无论苗条或者肥胖"。

不知道那个人是不是阿柴。

5

我猜测晚自习就要下了。会有很多的人,我被淹没,被遗失。阿柴会发现我的失踪,他可能会站在我们班门口,倚在门边一直等我,更糟的是他或者会叫我的名字。小丫头,他这样叫。我害怕自己带着眼泪出现,然后不停地诉说,这对他很残酷。所以我得离开。

我在电话亭按了几个数字,就听到了妈妈的声音。电话真好,几个数字而已,那边就是我的妈妈了,和我的家。我觉得自己像一尾被封冻的鱼,此刻又回到了温暖的水域,热潮翻涌。

我说,妈,你来接我,我没有上晚自习。

我没有听到任何失望的沮丧的声音,也没有任何追问,我只是被温暖着,温暖着。

妈妈说,你站在门口等我,右边,知道吗。

我终于又感到了作为一个孩子的快感,作为一个孩子,才可以哭得没有理由,才可以哭得如此尽兴。

我的妈妈永远是和温暖连在一起的,可是我想到她也会心疼。她被我折磨着,她开始变老。

那天我翻从前的照片,我看见了年轻的她,她是那么美丽啊。她穿了旗袍式的素花白色连衣裙,很瘦。她穿了红色亮皮的矮跟凉鞋,她的身高使她都不需要高跟鞋。这样美丽的人居然都会老。我深信不疑这与我的顽劣是分不开的。我又自私地想到我不如她美丽,所以我一定会老得更快。

我还看到她和爸爸的结婚照。他们真是一对璧人,他们都很漂亮,光芒四射。他们也都很能干,没有我,他们会很幸福。

我从小就是个富裕的孩子。我拥有令我周围的孩子羡慕不已的眨眼睛的布娃娃,亮晶晶的发卡,还有巨大的生日蛋糕。爸妈他们总爱这样问,孩子,你开心吗?

我天生贪婪。我天生有着泉涌般的泪腺,所以我不开心。我像灾难,像恶魔,我沾染了无辜而善良的他们。

我的高三上得比谁都疼痛。我无缘由地认为自己在退步在堕落在完蛋。我会发很大的脾气,虐待我的咖啡杯或者玩具,再或者就是我妈妈,她总可以做到和那些静物一样的安静。我还会很矫情地缩在窗帘后面的墙角哭。我坐很久,坐到被妈妈发现。她那种心疼的表情居然使我内心掠过一丝快感。

妈妈说,你不想学就不学吧,你将来不想工作我就养你一辈子。她太了解我了,我是那么脆弱,她必须为我减压。她在我灰色的减肥生涯中也遭受着双倍的折磨。她买一整冰箱的食物,然后劝导我注意身体,劝我吃一点,可是它们一直被那么放着,直到烂掉。她只有沉默。因为她亲眼见过我在肥胖里挣扎,扭曲。

不知道是不是太累了,我开始掉头发。很黑很长的一绺一绺,轻轻地落下来,那么轻易,我常想其实生命就像它们那样的单薄。妈妈每个清早给我梳头发时都会很伤心,她梳得格外轻,可还是掉呵,她会忍不住说,你原来的头发多么好啊。

6

爸爸和妈妈出现在眼前时,我已经没有力气表演一个微笑了。我说我很饿,让我睡一觉吧,睡着了就不饿啦。

我去了医院。我的胃很不配合地闹乱子。我还被判定为严重贫血。

我要求住院。我渴望着在纯白的房间里将所有痛苦搁浅,我渴望着在梦醒的早晨发现被鲜花和水果包围。

我睡了很长的一觉。一直睡到明白自己是那么幸福。我告诉自己,阿柴,爸妈,瘦的身体,好的成绩,健康,我钟爱的格子裙,他们谁都不会离开我。我会留住他们。然后抛弃眼泪。我就在那间病房,在那夜,长大。

一夜长大。

我醒来时听见有人在向我妈妈建议带我去看心理医生。我听见妈妈坚决的声音,她说我的孩子没有病,她是最健康的。

她还说她喜欢我哭,她说我的孩子是个敏感善良的好孩子,灵敏的触角使她容易受到伤害,哭泣会使她舒服,眼泪使她得到更多关怀,使她成长。

妈妈的爱是这样没有道理,无关乎我是否优秀,无关乎我漂亮或者丑陋,她甚至也爱着我的缺点,我的眼泪,我的毒药般的泪痣。

然后我发现了花朵。窗边的长颈玻璃瓶里,庞大的向日葵。擎向天空的笑脸,阳光的金子色。这是我最喜欢的花朵,坚强的花朵。我知道阿柴来过。我最喜欢的人送来了我最喜欢的花朵。

我起身到窗前,一枚一枚数葵花饱满的花瓣。

我面对的是非常明亮的玻璃窗。甚至可以清晰地看到自己的脸。年轻,笑。

我突然发现右脸颊没有了那朵褐色的小花,那朵诡异的恶之花。我再凑近,寻找,还是没有。甚至没有任何它存在过的痕迹。

我知道它终于消失。那么彻底。

纵身

世界上比纵火更可怕的是什么,你知道吗?

是纵身。

我这样告诉他。他说哦。

时间是下午三点。日暖花甜。

嘿嘿。我笑。我笑了,我的笑容掉出来,没有地方盛放。

电话握在我的手里太久了。像一尾无法守身如玉的鱼,终于腐烂起来,终于干涸起来,终于僵硬起来。我抚摩它,它再也没有鳞片。它要死了吧,所以体面和光滑起来。我紧紧紧紧地攥着这条濒死的鱼。它衔着一个声音。一个男人的声音。那个男人总是说来看我,他总是说谎,可是他的声音仍旧动人。我不放过这只鱼是因为我得挟持这个声音。

人有的时候轻贱得可爱。可爱是小丑吗? 我是可爱的小丑吗? 我现在走上危险的钢丝,于是我就非得把他叫过来看看。

可是亲爱的,你真的没有看见过我这样好看的姿势。你看坠落就要发生,你看此起彼伏。此起彼伏是我的心的形状。它的里面漾满了膨胀的算盘珠。我一直都在算一道数学题。它有些难度。

壁虎走了。它跟着我很久了其实。它有点失望,也可能它下午还有别的约会反正它走了。我上了这个宽广的平台的那个时候就看见它了。它看见我和你讲电话。它看见我哭了。它看见我跌跌撞撞地上了一个边沿。灰灰的边沿我走得颤巍巍。它看出来我没有什么经验。

它说这个我看得多了,不就是跳楼吗,来吧,别怕。

我纠正它说,不是跳楼是纵身。

它说哦,然后它就好心肠地跟我讲了一下技巧:你只要直着身子径直向下别转头别扭动一般都能顺利死了。真的,它说,十个里面只有一个没死成,那可真糟糕,被送去疗养院了。那个人现在对着谁都笑。

壁虎说完这些话有点热了,它没有带水壶,舔舔嘴唇它就到树荫里静观其变了。然后我和你打电话。这个电话。真是漫长。

壁虎觉得我很好玩。要死了还这么多话。说啊说的。

它听见了我们所有的情话,它没有做笔记可是这个悠闲的动物应该记忆力不坏。如果日后你想念我说的话了你就找找它吧。它就在我家楼顶的平台上。一般出点什么事情它都赶来看看。我跟它说好了要是你想我了就跟它联系。它说没有问题,可是它说壁虎的寿命是半年,冬天它可是保不准在哪啦。我恶狠狠地说,他不会想我一直想到冬天的!然后我就哭起来。我哭起来,壁虎看着我,舔舔嘴唇说,可别啊,我很口渴。

我还在和你说话。一直说。壁虎不想听了。它看见我手里的电话像一只烤焦了的鱼。都酥脆了。它很口渴想赶快回家。可是我仍旧没有跳下去。

它是个耐性挺好的动物,对女人尤其友好。对好看的女人更是。嘿嘿,它在一开始见到我的时候就赞美我,说我是个挺好看的女人。我非常难过。我从来没有想到我最后一次被赞美竟来自一只壁虎。它咯咯楞楞的,像一道鼻涕一样难看。

壁虎终于无法忍受了,它问我说你到底跳不跳呢?

我说,不是跳,是纵身。我得说完话啊,天还没有黑呢。再说我在算一道题目,很麻烦。

壁虎想了想决定离开。它说没有什么必要一直等着了。它说它等那么久也就是为了听个响声。它闭上眼睛,无比陶醉地说你知道吗,人落地的时候响声特别好听。你能听到这个人的不同部位分别落下去。先是头,然后血就冒出来。壁虎说那是无比壮丽的河流。总是有一些有趣的生前的记忆漂流在那河流上,天黑都不散去。然后是四肢。四肢落地。骨头的声音叮叮咚咚的。壁虎随即就说他有个特别有能耐的哥们就收集骨头做风铃,挂在门口非常有味道。最后是心脏。心脏落地的时间比整个身体晚0.2秒。因为心脏在动,所以会反弹起来,来来回回,然后终于再也不动了。壁虎说就像淘米的动作一样。终于没有任何水分了。白花花。心脏变成赤白的一小块,团在一起,没有零散的梦和其他了。壁虎说它喜欢这些动静。

壁虎走的时候其实是很生我的气的。不过我一再说我会跳的,它就不好意思对一个将死的人说什么了。

壁虎走了。很失望。我想把它加为我的好友。它很好,见过世面。

我还在跟你说话。你骗我,总是骗我。可是我还是相信你。顺便问一句,你上次说你是学校的长跑冠军,那件事情是真的吗。你说是。好吧,我相信你。

还有什么,没有什么了。亲爱的我把这道题算完就打算纵身了。

蝴蝶飞蛾蒲公英烟花雪片,你希望我用哪一种姿势呢?

天色已晚。我要看不见了。我把我的题目算完了。只剩下死了。

纵身,一切都将被掩埋在我无边的翅膀下面。你带给我的凛冽和料峭也在下面。

我是这样一个女人,头脑无知翅膀无边。当我发现我无法解释你为什么总是骗我,当我发现不停思念你我的头脑要挣裂的时候,我唯有用我的翅膀解决问题了。我万能的翅膀将覆盖一切。掩埋所有我们之间有过的血丝和纹裂。

我纵身,振翅。我无知的头脑变小,委琐,只有巨大的翅膀,学着云朵的样子,涣散成一片。非常负责任地了结了我们所有的故事。

我没有欺骗过你什么,所以我把我算的题目写在下面。一五一十:

$t = \sqrt{2h/g}$……………我从高楼上跳下来我需要的时间,根据壁虎所说的心脏死去的时间还要延迟0.2秒。所以我们有

$t' = t + 0.2$

$h = 89.95$ 米(我家的顶层平台)

$g = 9.81 m/s^2$;

s＝48450 米…………从你家到我家的距离

v＝s/t'……………你赶来的速度

代入 s,t'？

得

v＝10809.09 米/秒＝0.000036 光速

也就是说呢,亲爱的,身为学校长跑冠军的你只要现在以0.000036的光速赶来救我,就可以在我落地之前接住我。

那么,我要纵身了,你准备好了没有呀。

我为什么没有给你开门？

你知道我在你干吗还要敲门？

你知道我等你进来你干吗走掉呢？

我没有开门是有原因的。我无法分身。

你跟谁纠缠在一起来着。你这样地问我。

啊啊啊,我知道你的眼前一定展开一幅金瓶梅的彩色插画。你觉得我的笑带着泥土的甜软,让人下陷。所以,你把我的笑画在另外一个男人的眼窝里。你说你亲眼看见那个男人的欲望发芽,长成参天大树。你觉得我的手指是曾经爬满你的太阳穴的那棵藤蔓。你说你现在看到了什么？你看到树和蔓在一起。你说你看到它们怎么这样器艳。到了秋天了,到了秋天,为什么这树,这藤蔓没有被投进火焰。

房间里面是 Tori Amos 在唱歌,我想你听得见。那是你心爱的女子。你说你将来的坟墓要建造在她的钢琴旁边,她的橘红色头发会是一把哀艳的祭草。你把她吃进了你的眼瞳里面。每次我看着你的时候,她会跳出来,用蜘蛛丝的声线勒死我的想念。是她用玫瑰枝一样粗糙的手指敲碎了我的贞节牌坊。

我和你最靠近的时候,亲爱的,我亲眼看见,那个橘红色头发的妖孽在你的头发上弹琴。她白衣服,你黑头发,你们很配。她的脚趾插进你的头发里体会芳香。你用 Dove 洗头发,我知道,她不知道。

所以,我们永远在彼此的外面。

可是可是,亲爱的,我没有开门是有原因的。我无法分身。

今天是个很好的天。我看着 Tori Amos 的脸,在一张九块钱的 CD 封套上仍旧显现高贵。我看到自己的便宜。我没有了我那价值连城的牌坊之后就总是很恍惚。我想,我得把她叫出来。我得跟她谈谈。她不能总在你的头顶上弹琴呵。她不能总在你的视网膜上舞蹈呵。我就把九块钱的 CD 放进机子。我要跟她谈谈。

可是你来的时候我真的没有办法分身。那个女人是最明亮的灯里跳出的妖怪。她要勒死我,敲碎我,就是不肯和我谈谈。亲爱的,我闯祸了。我无力抵抗。

你记得我家的大花猫是吧。你表扬他是好孩子啊,从来没有眼屎。我的大花猫和我一起面对那个弹钢琴的妖孽。

我看到大花猫掉下眼泪来。洁净的眼泪顺着瘦削的脸颊流下来。他的头颅砰砰响。是给那个女人敲碎了。那个女人只对你温柔。她要害死我和花猫。

我的猫真的要死了。他动作缓慢地爬上我的腿。那时候我觉得周围已经安静了。橘色的草芥烧出血液的芬芳。

我深陷在我的沙发上。我的头发不停断裂。有清脆的声音。

我的大花猫爬上我的腿。他没有力气跟我讲话了。不然他可能会说,你看看你把你的爱情养成了一条蟒蛇。可是他不会埋怨我,他爱我。

我的大花猫在我的膝盖上缓缓地睡去了。橘红色头发的凶手看到你来了,重新温柔起来。那首叫 *Caught A Lite Sneeze* 的歌像是眠歌。

亲爱的,你来敲门的那会儿,我的大花猫正在投奔死亡。他在我的膝盖上。我和他眼睛对着眼睛,我得看着他离开。所以,我没有给你开门。那时候,他还是热的。

赤道划破城市的脸

1

我在这里。

在二十八度的天气里过圣诞。去乌节路看别人的热闹。圣诞树魁梧得不让我看到他的头顶。蜡烛艳媚到使我忽略掉她的眼泪。

小小的云彩在下午两点的时候总是可以酝酿出一场雨。打发晒太阳的小猫回家去。

看到好看的楼房上有大大的横幅。是上帝在和信徒对话。

"出门不要忘记带伞,一会儿我要浇花。"

——上帝

住的地方附近有很多教堂。粉红,暖橘的颜色,探出头来的人笑容安和。

离家很近的教堂边有一块黑色的幕布。白色的英文。

I am here.

——God

住的地方离它很近。夜晚时在归来的夜车上寻找这块幕布,看到它的下一刻就到家了。它使我安心。

穿越西海岸的高速路去看海。

有风筝下坠或者上升,有滑旱冰的孩子跌倒或者爬起。海突兀地出现。明明暗暗的船。船灯爬上热带树的肩膀。工整的笑容在海水里暧昧起来。

白色沙子里的赤脚。走着走着突然上面有眼泪掉下来。从热带的天气里掉到寒冷里。冻伤了我的脚。

走很远很远才可以到地铁站。没有一个城市的地铁可以像新加坡的地铁,它有时候在地上有时候在地下,不确定。靠在门口的座位上睡觉,地铁忽然从隧道回到了地面。被刺眼的阳光叫醒,眼睛干燥地看着这个潮湿的城市。看见表情冷漠的中国大男孩。他已经长成一张适合这个城市的脸。不再细腻敏感。于是避免伤害。已经穿笔挺的西装,仍旧背了 Jan Sport 的大背包。握着 CD 机。已和这个城市混熟,不必担心坐过站。也或者是厌倦地不在乎坐过站。没有笑,没有人依偎。

脸庞有水果芬芳的女孩子肆无忌惮地席地而坐,在地铁的门口位置。耳朵上的耳环亮亮晃晃。身边的欧洲男友迷恋着她的半边脸。听她不停地讲话。

很引人入胜。

我想要一个人。过来,坐下来,听我讲话。无休无止。

太有秩序的城市没有人会在街上流眼泪。所以如果我当街哭起来会很突兀。Pub 门前的孩子们居然都有很乖的脸。喝酒是一件认真的事情。醉是意外,不容易发生。

很多美丽的别墅。喷泉和寂寞的狗。门上的报纸到傍晚时分还是没有人取下。车子亮得像是吃了满嘴的阳光。

我在这里。赤道差一点就划破这城市的脸。她姣好寂寞的脸。留给它热带雨林作为纪念。事实上我总是无谓地担心这个城市在一点一点移向赤道。赤道像箭一样穿破城市。我被永远悬在这个不停跳蹩脚摇滚的大水球的正中央。

我在这里,在喧嚣的茂密森林里。打电话给离开的城市。问:我走之后错过了多少场雪?

欣慰的答案:你走之后就再也没有下过雪。

2

夜晚的时候会认真地听CD。

十一点之后会接到一个电话。我先跑过去关掉音乐。打开灯。我披着头发,踢掉拖鞋,奔向我的床。电话在床头。我快乐地扑在床上,拿起话筒。

电话里没有人讲话。只是一种清脆金属的声音。

哐啷。掉在一个金属容器里。明澈的响声,不会散去。

我不说话,电话不说话。我是微笑的。因为我把镜子放在我的对面。这个时候我可以在镜子里好好看自己,我只有这一刻笑容里没有糅杂昨夜残碎的梦魇。我是多么可笑和可耻呵。我发现这个时候我会特别美,我就在这个时候照镜子。沉默和我蔓延的笑持续几十秒,电话轻轻挂断。我满足地放下听筒。

这是我每个夜晚的必修课。最后一节。代替了我在睡前吃巧克力和糖果的坏习惯。这是一个甜蜜的仪式,它换来我的一个好梦。它使我本真得像个孩子。是上帝宠着的定时供给糖果的孩子。

电话那边的叫做卡其的男孩就是上帝给我的最大赏赐。

有一天,他爱上了我。他决定永远爱下去,他决定为我建造个什么,收服住我。可是他还是个小孩,他知道我不肯相信他。那一天他急匆匆地去换了很多硬币回来。他说他会每天存一枚硬币。一枚硬币代表爱我一天。

我笑着对他说:很好啊,有一天我离开了你,你至少也有好多的钱啦。满满的富足感。

他说我们很老之后,走不动啦,就坐在床上数这些年来存的硬币。我让我们的孩子换好多硬币,然后让他走开。我开始进行缓缓的安乐死,一切活动开始渐渐中断,只是每天记得放硬币。我们两个人,守着一大堆硬币,逐渐死去。

可是我还是离开。

他每晚睡前打电话给我。不讲任何话,只是让我听好听的硬币掉进储蓄罐的声音。有时我会咯咯地笑出声来。

现在他需要打国际电话。可是仍旧是那一声金属和金属的耳语。可是我开始很难过。在镜子里看到了自己可耻的样子。我选择离开,我来到这里,很远很毅然。可事实是我仍旧靠他的电话来维持生活,换得微薄的笑容和生机勃勃的梦。

我常常梦见金属容器没有底,硬币掉下去,却掉不到底,一直一直下坠。爱以一枚失踪钱币的形式终止。

事实上我知道一切都会结束的,一枚闪闪钱币的销声匿迹和我滚滚而来的灰色梦魇。只是我不知道什么时候它突然到来,就像我永远不清楚新加坡的地铁什么时候在地上什么时候在地下。

卡其和我用了一个夏天的时间去散步。我有一个夏天的时间都可以在 Kenzo 的男用香水味道里看到他灼灼的眼睛。

我被这样的一种香味拘囿。清泉之水是它的名字。在那个夏天敲得我的心咚咚地响。

我们在傍晚的时候出去。我心情不好可是精神抖擞。他站在街角等我。我每次出现的时候他都不会笑。很奇怪。他不笑。很认真地看我走过去。我是有一点失望的,因为我想我突然出现的那一刻他应当有很本能的反应。笑是一种心爱。可是他严肃地看着我。他的嘴唇很厚,紧紧闭着的时候尤其有使我想撬开它们的冲动。他的头发一根一根竖着,一个夏天都长得很慢。我染过三次颜色后他的头发还是没有长出一个艺术家风范。他是好看的。等我离开很久之后我才这样说。

小巷子里有个卖 CD 的小姐姐在黑黑的狭长小店里日日朝朝和一些偏激阴郁的 CD 做伴。她会留心爱的 CD 不肯卖,等等等像是要嫁个女儿。她等来了卡其。卡其将是她那些 CD 的最好归宿。卡其的 CD 如果拿来卖,一定有她三个店子的规模。她看卡其的时候眼睛会发亮。因为卡其几乎可以猜出所有她喜欢的乐队。她喜欢 Cocteau Twins,喜欢 Lamb,喜欢 P. J. Harvey。Tori Amos 的 *Little Earthquakes* 她是根本不会拿出来卖的。认识卡其以前我知道得很少。我不知道这些人特别特别虔诚地忙些什么。卡其牵着我的手很小心地穿过那条实在太狭窄的小巷子,走到尽头去小姐姐的店子里。像一堂补习课一样,我用脑子代替笔记本,记下所有我要补习的音乐课程。我听他们讲那些陨落了的乐队,好像在说他们失散的朋友。

夏天过完的时候,卖 CD 的小姐姐在门口贴了迫于生计低价转让吉他的启事。我们都很难过。

那个夏天对于我们是一种等待状态。我们谁都不知道等待什么。他说他等待头发变长,我说我等待着用完 Lancome 的香水就换和他相同的 Kenzo。他说他等待 Esprit 的店子里出售男装,我说我等小巷子里卖 CD 的姐姐为我再找到一张 Tori Amos 的 *Little Earthquakes*。他说他等待逃离,从这里,到那里。我突然严肃地说,算了吧,我知道你永远都不会的。

他厌倦了家的时候的确会选择出逃,可是他总是打电话给我。我就会攥着一把钱穿了拖鞋去巷子口接他。他没有一点要出逃的样子,没有带钱,没有任何行李也没有我的照片。我总是先领着他去吃一顿饱饭,他安静地跟在我后面,不发一言。他不会问我要烟,尽管我知道他是抽的。店子打烊前我会说服他回家。我每次都会成功。就是这样半个夜晚的出逃不断重复着。

重新回家之前他先送我回家。那是我再熟悉不过的路。是我在的城市里最古老的路。曲曲折折,周围会有泉水,柳树。影子多到在一起纠缠厮打。

分开前我们会对视,我们有着多么相像的脸,绝望和无畏是我们脸上的主题。我的手和他的手离得很近:我知道他有牵起我的手带我跑走的念头。他只是那么单纯地想带我走,救赎一样地,带走我。

无关后果,无关爱恋。他知道他养活不了我,可是那跟我们逃亡这件伟大的事件相比又算得了什么。

我的生命里再也不会有这样一个男孩了。没有杂念地想要带走我,不会踌躇在一个怎么照顾我、怎么给我什么乱七八糟的幸福的问题上。

我是多么迷恋卡其那个时刻的样子呵:他站在我家门口,很多很多次,他的手离我的手很近。一念之差,可能他就拉起我的手带我走了。我保证他没有这样做绝对不是因为任何的担心和犹豫。只是他没有非在那一天这样做。他看到以前的很多日子都是这副模样,他于是以为以后的很多日子都会是这个模样。他觉得这是哪一天都可以完成的事情。又或者他以为是迟早的。

在卡其的世界里,事情干什么要计划呢。

他毫无根据地觉得我们毫无理由地就会一直在一起。

如果他牵起我的手我是会和他一起走的吧。我会的啊。我在他离家出走来到我面前,我还穿着拖鞋,没有关好家门,站在门口的时候就想对他说,你带我走吧,我知道他一定会说好。可是我明明知道,他没有带钱,不会任何谋生的手段。他只是当这是一次春游。

可是我还是忍不住想象他和我的出逃。我们在风里牵手奔跑的样子:他的头发已经长了,我们的Kenzo香水味弥散在整个秋天。我和这个视野里只有今天的男孩一起就这样走掉了。

我的头发会不会在风里舞得很好看呢。我因为喜欢流苏穗穗们在风里跳舞来附和我的头发,还是坚持穿了我的有层层叠叠流苏的长裙子,牵牵绊绊,怎么也跑不快。卡其会不会因此而生气呢?我颈上的项链手上的手链奔跑时撒了一地,卡其会不会允许我停下来回去捡？他有没有带手帕给我擦眼泪？有没有带柔软的娃娃或者熊让我抱着入睡？有没有带维生素对付我溃烂的牙龈？

我答应陪他拍他的电影,拍没有人看可是高贵诞生高贵存在的电影。在很多地方旅行,有可能都是些很穷的地方。相似的山山水水也可能会看得我开始打呵欠,开始抱怨,彼此诅咒和吵架。可是终究不能分开。

那样的生活不用我买菜做饭,不用和婆婆吵架。不用养一个孩子。

他说还是要有一个家的。房子最好在铁路旁边。不通煤气不通电话不通有线电视,唯一通的是远方。火车隆隆地过。他突然就会有了灵感:我们去那里吧！

于是我穿着拖鞋散着头发攥着一把钱就跑到门口的火车站买下一车次的火车票。他的相机里换了新的胶片。穿结实的裤子鞋子。不再需要任何化妆品。除了我们心爱的 Kenzo。

会有很多朋友。是我们共同的。长得奇形怪状的朋友,活得千奇百怪的朋友。聚会的时候就在昏昏暗暗的酒吧里放我们的刚刚拍好的电影。也许会有人认真地掉了眼泪。我和卡其坐在最后一排,很满足。

我没有什么首饰除了一个戒指。

戒指是他用钳子和铁丝一个下午做成的。亮了一周就暗下去了。奇怪的形状,缠缠绕绕成一个笨拙的心。其实它粗糙的边角经常划破我的手指。可是我永远不会让他知道。

卡其问我说,你知道 Bonnie 和 Clyde 的爱情么?

我居然没有看这部六十年代美国的经典影片。我摇头。

是两个罪犯去杀人放火的爱情,卡其说。

"在阳光下相视一笑,被警察打成色子。"这是卡其喜欢的爱情。

3

我在这里。

我拥有一台手提电脑,一排香水,一大堆卡其寄来的 CD。这就是我在这个城市的全部财产。

我在这样一个精致的城市里,生活越过越粗糙。我很久没有染和修剪我的长头发,反正再也没有机会让它们和卡其去风里舞蹈;我忘记给指甲涂颜色,它们一边长一边断掉,断裂的声音像一种诅咒;夜晚甚至忘记摘掉隐形眼镜,在听过卡其的电话之后匆匆倒在床上,反正总有眼泪代替药水温润干涸的眼睛;手表很久都没有换,摘下来时,下面露出一小块没有遭遇热带的皮肤;我的手提电脑因为塞得太满,开机之后总建议我去清理磁盘,我明明知道不听它的话的后果是我的所有文字和那些好看的 Flash 统统会丢掉,可是我仍旧把它塞得就要呕吐,我觉得它的充实或者可以象征我的充实;我的手提电话经常忘记充电,再打开的时候语音信箱里积满了很多人的不同声音。

我过着潦草的生活,可是我爱着物质,所以我首先爱上了这个城市。

卡其会知道么,我在这里几层高的叫做 HMV 的音像店里毫不费力气地找到了 Tori Amos 的 *Little Earthquakes*,它整整齐齐地站在有名字和标码的架子上,有别于巷子深处那个小姐姐的小作坊。

饼干精致到一块一块出售。每个有它们自己的盒子。情人节的时候要写名字在上面,颜色鲜艳得像是掠获了彩虹。

寿司像雪糕一样到处出卖,谁还记得它严肃的日本国籍。

《小王子》的英文本是那么的好看,小王子的金黄色头发果然像麦浪一样地闪光和舞动。那是卡其喜欢的小孩,卡其认真的样子和他很像。可是小王子追根究底地跑啊跑,卡其却站在原地不动。我就这么对着小王子的画片,这么想到。

粉红色 Body Shop 里大大小小的瓶瓶罐罐,身体的每一部位都可以享受特殊的呵护。我等了一季也没有等到它打折,所以没有机会尝试。我已经由迷恋它到了见到它就想炸开的地步。

Swatch 的手表在这里都可以平民化。透明糖果颜色的手表可以被小孩子当作玩具挑挑拣拣,不用拼命拼命地祈祷,才能在圣诞节得到。

走很远只是为了看看这些物质。看它们精致的脸看得怨恨起来。于是总是在它们折价时幸灾乐祸地笑。有时候又忍不住走近,触摸那些高不可攀的温暖。

我知道樟宜机场在东海岸。站在海边就可以看到飞机的起落。那很多只冷漠大鸟的程式化表演。可是为什么我看到厌倦还是不忘记落下眼泪。

我眼睁睁地看着除夕降临在夏天。真是可怕。除夕夜东海岸看大鸟们表演。夜来了,新年还有春天。可是我还没有看到一丁点我曾嗤之以鼻的俗艳的中国红。勒令自己相信自己是有人可以等的。

于是去了机场的大厅。冷气来袭,我就躲去 Starbucks 和 Delifrance 喝咖啡取暖。三十分钟会去看一次班次降落的预报,很认真地念"China"这个名字。拿来许多明信片涂涂写写,画带翅膀的心的形状,然后给它画上眼睛。看着它,最后给它画上眼泪。

早晨的时候睡过去,忘记拜年。

4

我在无数的文字里都想讲我的家。可是没良心的我总是用它们来写我的卡其和一些像他的男子。

我从来没有写我的爸爸,那个对我那么重要的男子。

我的爸爸很喜欢车。他去韩国的时候带回来很多韩国汽车公司的精致汽车模型。可是那时候我很小,我不知道它们是爸爸喜欢的,我在同班的男生过生日的时候偷偷送了给他。

我从小就很会取悦男生。

我的爸爸很生气,生很久的气。我一直记得,所以我下决心要给他买一辆最好的车子,当然真正原因是因为我太爱他了,我太崇拜他了,我要让最好的车子给他做奴隶。我的爸爸不怎么相信我。我小的时候是一个很平凡的小女孩,除了很会和他顶嘴之外没有什么特长。他深刻地记得给我买的电子琴总是在暗无天日的储藏室里闲置着。

可是我越长就越不一般了。不知道是什么使我高贵起来。后来我相信那来自我爸爸的基因,我原本就高贵。他们喜欢我写的文字。他们知道我穿奇奇怪怪的小衣服,功课很好。后来我被很多人认识,他们都喜欢我宠我像一个公主。大家相信我会有炫目的未来。我的爸爸惊奇地发现我以一种他未曾想到的速度飞翔起来。最后就是在我爸爸都要相信我可以给他买好的车子的时候，我自己反而不相信自己了。

因为我喜欢上了卡其。在夜晚和溃烂中发光的小破烂。

开始我很恐惧。他给我听 Tori Amos 的歌。我听到那个女人的声音和唱片机的磁头纠缠起来，她像一只蚕一样迅速用她那些质地柔软的丝捆绑住了我，消灭了我的春天。我想看看这个把我的天空粉刷成黑色的女人。可是当我看到 Tori Amos 在阳光安和的午后恬然地抱着小猪哺乳的专辑封套时，我惊栗地意识到我已经在一个洞的底端或者是一张网的下面。可是卡其说，不对，都不对，其实你是在男孩卡其的爱里面。我抬起头，他有和我一样绝望和无畏的眼睛，我们很像。

我们真是绝配。我们靠一些精致得没有破绽的梦就可以快乐起来生活下去。常常是耗费一个下午来研究 Tori Amos 如何拥有那么可怖的过往和那么凄厉的声线。他如果把 Cocteau 的 CD 放进唱机就一定要赞美很久那个声音妖娆的女子。或者我们再看一遍 Lolita，三张碟的长片，我总是呵欠连天，可是我还是很开心地陪他一遍遍看这部黑白的黏稠的电影，他会不时发出对库布里克的赞叹，我却说其实你把电影拍得像岩井俊二的《四月物语》一样短也会很好。然后我们必定会话锋一转，发表对岩井俊二无懈可击的电影画面的认可。潜水到一个电影里去生活。

我常常哭，每一颗眼泪都落到他的掌心里，多得像江南雨季一样遭人记怨。

同时,我喜欢上了酒吧和后半夜,喜欢上了不切实际的逃亡。我觉得自己要烂在里面了。可是我还是想到在我烂掉之前要给我爸爸买车。

我的爸爸是有钱的,他自己的车子不坏。可是我就更难过,因为我变得越来越优秀,但我仍旧是除了和他顶嘴什么也没做过。然后我就开始烂掉,甚至还企图逃走。

我无数次感到我的爸爸伸出他的大手奋力地托起我,把我暗悒的眉角照亮。就像小的时候每年的元宵节他带我去看灯会,他总是会奋力地托起我,让我高高在上可以触碰到那个最高最亮的灯笼。

我高高在上如一个公主,那个时候我一无是处,可是我嘴角上翘,高贵如一个公主。

然而我还是没有触到那个南瓜形状彩虹颜色的灯笼,我任性地哭了。

我的爸爸说不要紧,年年灯会都会有灯笼,我长大之后就会触摸到它了。可是爸爸不知道我在长大的过程中溃烂,我因为溃烂而萎缩。我更没有可能碰到那个灯笼了。我想到我还欠我爸爸十九年的爱,还有对我的美丽公主未来的期望以及偷偷送给男生的韩国小汽车。

所以在我开始读大学的时候,在我已经烂得不成样子之前,我得好起来,向我的灯笼出发。

长大的过程其实就发生在某个平凡的夜里,很快很快,满身都长出触角想要触摸昂贵的物质,欲望诱骗我离开电影和音乐的河流,给我换上崭新的干燥衣服,我竟然很快忘记了我曾经潮湿过。

我终于知道物质可以使我真正高贵,它可以把我装扮成原来的样子,我爸爸不会知道我青春的这段腐烂,我仍旧是一个公主。

我不动声色地远离卡其。

我们白天相见或者不见,可是夜晚仍旧会有那个金属的电话,咚的一声,我承认我依赖着这个声音。可是我知道它们影响了我伤口的愈合,它们让伤口绽放如花,继续烂下去。

我想其实我是知道的,卡其有要带我走的念头,这就足够了。我无法跟他走了。因为他的未来总是悬而未决,他还没有长大,我等不及了,我得快点给我爸爸买车子,那是我一个人的事业,现在我终于意识到了。

我有一段时间失踪,埋头读书。我的手机在十一点的时候还是会按时响,放硬币的声音,再没有什么了,他不问我的下落。我周末回家的时候门口会有大包的 CD。很多我挂念的乐队。可是没有只言片语。

我决定去赤道上的那所热带雨林里的大学念书。

终于在冬天来临前,在一个寻常夜晚卡其打电话来的时候,我突然开口讲话了,我说,卡其,我要离开了。我还是没有听到他讲话,我所听到的只是很久的沉默的鼻息,然后硬币落下来,像所有过去的日子一样地落下,笃定的声音,纯澈的声音,落下。

我再也看不到在巷子口站立的男孩悬而未决的那只手,在空中,想要拉起女孩的手。

我在很久很久以后才懂得,纵然是那些灿然的物质,也没有那只手对我产生的诱惑大。那只手能够领我到达的地方是我永远都不可能知道的了,可是它长着一张叫做幸福的脸孔。

后来我来到这个赤道边的城市,常常梦到它的脸被赤道穿破了,我猜可能是它在凭吊我那张叫幸福的破碎的脸。

5

我在这里。

过年的时候我想要找到一个刺激又便宜的娱乐。

于是我去穿耳洞。黑洞洞的店子。店主大约是太清闲了,没什么客人,他就把自己身上穿满了洞。有些漂亮得像花,有些丑陋得像爬虫。

我被安置在一张很高的椅子上。他在开始之前,我两次要求他离开座位。因为店里面重金属乐使我耳朵上的每一根神经都太过活跃,等一下会很痛,所以我要他关掉了它。之后我更建议他把门暂时关一下,我不喜欢别人观摩我的疼痛。

我坐在黑暗里。我想起卡其说会买鱼骨的耳钉给我,我觉得卡其的东西总会把我打扮得很美,我就满足地笑了。忘记了疼痛。

可是我的耳朵还是挫败了我的梦想,流着血。我和我的耳朵彼此怨恨着。我仍旧不肯放过它们。频繁地更换着耳环。

我经常把耳环从这一面的耳朵穿进去却怎么也不能在另一面找到出口。我的耳朵像一个无底洞,漾满了疼痛。我的耳洞像一双刚刚睁开的眼睛,淌着红色的眼泪,在我照镜子的时候无比哀怨地看着我。

那是我来到这个城市的最初的日子,我带着我流血的耳朵匆匆地穿进穿出地铁站,我带着多余的眼睛,仔细审视着这个城市。

我一直不曾用任何药水。可是后来我还是在电话里告诉了卡其。卡其逼我去买来药水,每天提醒我治疗。是他治好了我和我耳朵的纠纷。其实本来就是这样的,我身体的每一部分都很听他的话,所以我的心让他来居住,我的头发在我跟他一起的时候才会卖力地长。

耳朵差不多好了的时候收到卡其寄来的耳环,像幼小的植物一样栽种在我的耳洞里,奇怪的是,这次居然一点也不痛。

耳朵终于可以戴很大的环环和很长的穗穗了,睡觉的时候它们兀自轻轻唱歌。我听到它们无数次地说到卡其。

6

我走的时候我爱着的城市飘着小雪,我和卡其两个人去坐摩天轮。萧条的摩天轮上只有我们两个人。我发现它和我小的时候一点都不一样了,其实它转得很快很快。像年轮一圈一圈深刻地滑下。卡其说其实你再等等我,我就要下决定离开了。带上你一起。

当时摩天轮上到最顶端。我终于又看到了我那逃亡的梦想像那块支离破碎的云彩一样挂在天上。雪花飘过来很轻易地就捣碎了他的承诺。

我轻蔑地笑了。

忘记谁跟谁说了一句再见。

7

我在这里。

我再次用英文看《挪威的森林》的时候,又在那句话的面前停了下来:

木月死后,村上写道,唯有死者永远十七岁。

十七岁看的时候我心里只爱着十七这个年龄。我其实一直溃烂可是我也一直在爬升。

现在我再次遇到这句话的时候已经十九岁了。我顺利地活着和衰老着。现在我知道当我在摩天轮的最顶端时就已经在一个顶峰了,那个时候我要是扯着卡其从摩天轮上跳下来我该多么完好呵,没有一丁点衰老。

卡其仍旧夜晚十一点打电话,钱币太多了他更换了储蓄罐,可是新的容器声音听起来空旷得使我心悸。他仍旧每个月都寄CD给我,我可以从CD中知道他现在喜欢的音乐。后来是歌剧。我不喜欢的沉重。我觉得什么变了。

春天开始的时候他说他买下了卖CD的那个小姐姐的吉他,他拥有十个以上的固定听众。

春天中间的时候他说有人说他变得比原来好看了,因为他长大了。

春天末尾的时候他说他挣到一点钱,因为在电台做兼职。他说Kenzo对他已经是太便宜的了。

我终于等到了那个不一样的电话。仍旧有钱币的声音。可是那一天有很多很多钱币的声音。两个城市都在下雨。我无比清晰地听到无数枚钱币的声音，很吵。

终于卡其说，我爱你是会很多年的，可是眼下我真的下定决心要远行了，所以我把以后很多年的钱一并放进去。

不再有讲话的声音，钱币继续落下，哗哗哗，我未曾见过这样倾盆的雨。

钱币的大规模到来终于又一次使我康复的伤口心甘情愿地绽放如花。

仍旧有很多的CD寄来。

可是这一次是太多太多的CD。中央邮局用电话联络我去那里取。我搬着巨大的一袋CD上下地铁。

地铁从地下穿行到地上的时候我刚好读完卡其的信。

卡其说CD是我和小巷子里的姐姐一起送给你的。因为她要和我一起远行所以关闭了那个店子。

地铁遭遇到了阳光。我抬起眼睛。原来如此。说卡其好看的应该是那个小姐姐吧，我也想说的，可是我一直都没有说。是小姐姐做了他的吉他的固定听众吧，我应该留下听的，可是我在这里。他不再用Kenzo是因为小姐姐钟爱的不是这一款吧。这是我无法妥协的，纵然有一天它和花露水一样廉价。

卡其终于长大了，他终于远行了。可是他悬着的手碰到的不是我。他的成长就像新加坡的地铁突然钻上地面一样的突兀，我不能忍受突兀的阳光，所以打算下一站下车。就像我在卡其的成长中中途退出是一样的。

只是为什么我生活在他地下的黑暗中的那一段。

我下了地铁之后决定跑一段。要那种头发飘裙子飘的奔跑。我没有一只手可以抓住,我只有很多的CD在白色塑胶袋子里来回碰撞。它们使我想起小巷子里的店子。黑黑的。像一个暗示未来的洞穴。

这些CD可真沉,我怎么跑也跑不动。我停在一个角落里无比沮丧。

卡其和小姐姐去旅行了,而我住在小姐姐原来的洞穴里。

我觉得自己像是一只给他们看门的狗。一只听见钱币落下的声音就非常痛苦的狗。

残食

他们都是鱼。很小很小,淡蓝色的荧光,有彩色的斑点,有大摆裙一样美丽的尾巴。我买他们时,是下了很大的决心的。因为带有外国血统的他们是昂贵的。可我不能抗拒他们乌溜溜有灵气的眼睛,更抗拒不了这种很安静很沉着的蓝色。于是我买了他和她。当时谁都不会猜想到这种比指甲大不了多少的鱼有多么凶残。或着说只有他是的,而她不是。

他们两只淡蓝色的鱼连同另两只黄色品种的鱼,一同被我买回家,是同一只大个子的黑色白花纹的热带鱼做伴的。那个时候,大个子鱼刚刚死了妻子,独自待在鱼缸里,多少有些伤感。

可是太忙碌的我不能去买活鱼虫喂他们,干鱼虫是他们固定的早餐、午餐、晚餐。蓝色的他无法忍耐,来回游动,发着牢骚。其实干鱼虫一样可填饱肚子,大个子热带鱼就是这样做的。而他不可以,他是高贵的,不屑如此低劣、干硬的食品。

这个时候他还是很爱同为蓝色的美丽的她的。她纤细,身上有银色的花纹,在头顶部有一个暗白色的圆圈,像一个光环,天使的她。她的尾巴也格外美丽,扇形,一层层像件蓝色丝织的夜光舞衣。难怪买时,卖的人就夸这只鱼是很美的很特别的,说我有眼光。她是他的新娘,小小怯怯的新娘。她总跟着游动,默默躲在他的身后。

他在买来几天后咬死了大个子热带鱼,那个憨厚的、尚沉浸在丧妻之痛中的家伙。他请两只黄色鱼和他的新娘来品尝。虽然黄色鱼和她也厌恶了干鱼虫,可是还是不肯吃。毕竟同是鱼呵,何况沉默无话的大个子鱼又怎么冒犯了他们呢?他本打算每天吃一丁点,慢慢享受。可是当我发现大个子鱼死后,那尚完整的尸体让我没有猜测到他的死因。大个子鱼含冤被冲进了马桶。

黄色鱼蓦地开始恐惧。

他在几天后开始向黄色鱼发起进攻。他追逐他们,他在挑衅。她无疑是他的助手,可是她是不忍的。他先咬死了那只黄色鱼丈夫。那个时候,黄色鱼妻子使出了同归于尽的力气,可是她的丈夫还是无情地被同类的他咬死了。蓝色的她躲在一边,不去想黄色鱼妻子丧夫的痛苦。黄色鱼丈夫仍不能让我怀疑什么。他又白白死去了,被冲进了马桶。那段日子里,蓝色的她对黄色鱼妻子格外好,留很多干鱼虫自己不吃,让黄色鱼吃足。其实她明明知道,这只黄色鱼也剩下不多的时日了。

当他又咬死另一只黄色鱼时,她很平静,她心中总觉得,这双黄色鱼应当生生死死在一起。现在他们都死了,可以在一起了。她觉得这种牺牲也许不该有痛苦。这下,只剩他和她了。

她虽然已对一切看得很透彻,可她还是不相信,他会忍心吃掉她。他也不忍心。于是他想,最好还是不见她。偌大的鱼缸,他和她各居一侧。他们互相躲着,嚼着干鱼虫。可是他看见鲜活的生命就忍不住。他眼中的她依旧美丽。却是一种作为美餐的美丽。他依旧爱她。可是作为食物的爱已盖过了曾经同欢乐共患难、不离不弃的爱。

她知道她的自信是错误的,她要死了。她一时间伤透了心,其实她一直都渴望相濡以沫的爱。可眼下,也许她只有带着遗憾离开了。

她死了,死得很惨。我这一次发现了是他在吃她。因为她太小了,少了身体的一小部分都很明显;因为她太美了,失掉了一部分身体的她显得那么残缺;因为他太狠了,她的眼珠被他吃掉了,身子缺了一半,再没有蓝莹莹的舞衣了。可是她好像都没有挣扎过,她是顺着他的。我很生气,觉得他是个战争贩子,是最凶狠的动物。但是我并没有如何惩罚他,也许剩下孤单的他自己本身就是种惩罚。只是这一次,我没有将最爱的她冲进马桶,我埋葬了她,为她祈祷下辈子不再做鱼,不再遇到克星的他。可是这实际上违背了她的心愿。

也许,一直地,她的心愿便是下辈子可以与他有一段相濡以沫的感情。她的死也在为此做努力。他又吃了几天干鱼虫,却无时无刻不在怀念她,温柔而顺从的她。他怀疑是将她吃进了心里,一想到她,就搅得心痛,要撕裂一般。他才明白,她做他的新娘的价值远超过做一份正餐的价值,他开始忏悔。

夜晚黑色的世界中,他在上下辗转,向另一个世界走去。

他终于死了。有一天我发现鱼缸空了,他不见了,我寻遍了才发现,他安详地死在鱼缸外。是自杀,他一定花费了很大力气才跳出来。养他那么久,他从没有跳出鱼缸这种力量。他是太想念她了。他一直都忙于战争,一直都很凶猛。可是此刻的他很平和,没有一点火药味道,他又是一只简单的鱼了,弱小而美丽。

　　我被他的诚心所感动,愿意相信他一次,相信他来生会给她一份美丽的感情。于是我将他们合葬了。但愿我没有相信错,但愿美丽的她会如愿以偿得到那份叫做相濡以沫的感情。

陶之陨

> 题记：一件陶就是一个生命。当你在窑前等待你亲手制的陶出炉时，就像在等待一个属于你的婴儿出世。它是崭新的。

是梵小高对我讲了上面的话。他是我心中的忍者、超人。天底下只有我一个人坚定不移地相信他是个艺术家，我在陶吧玩泥巴时认识了他。他在那里以教客人做陶为工作，样子酷得无法无天。

他做陶时总是冷着脸，而且从来不低头，昂着他那颗一看就高贵的头颅，用纤细的手指和泥巴有节奏地纠缠。他做得毫无激情，三两分钟就可以完成一只没有特征没有个性的陶制罐子。那是我第一次见到他，我缓缓地走向他，因为他那件纯色的衬衫上有六枚奇特的纽扣。纽扣是陶制的，泥土的原色，上面刻着不同的图案；寂寥的月亮抑或忧伤的眸子，每一颗都有一种辽远和空旷的美丽。当我获知那是他自己的杰作时，我就赖定他做朋友了。

我们是很好的玩伴，我们一样喜欢这家不休止地放黑人音乐、有咖啡机和制陶的拉胚机共同旋转的陶吧，我们一样喜欢蓝山咖啡和绿薄荷甜酒,我们一样喜欢黑夜和猫咪,我们一样喜欢地铁和霓虹灯,我们一样喜欢王家卫的电影和村上春树的小说。一样喜欢泥土和陶。

可是不久之后我必须跟这位少年艺术家告别了。他的骄傲和欲望不停地蔓延,终于烧烫了他原本平和的心。于是他,十九岁却已从纯情校园里抽身离开的他,要去那个有地铁,有夜的内容,有名为"巴黎春天"的百货公司的城市寻梦了。而我,必须留在这个不太先进的城市继续着伟大而不朽的功课。

这是一个温度偏低的冬日午后。陶吧。我坐在高速飞转的拉胚机前,正视着可爱的朋友梵小高。用米兰·昆德拉的话,"一场为了告别的聚会"。我想他选择我为他送行的原因是我一直像个信徒一样崇拜他。他或者只是想在告别这座城市时要一点煽情的依恋。他在不停地安慰伤心的我。他说会在"巴黎春天"买那只昂贵的据说鼻子是真皮的小熊给我,他说会接我去玩……我麻木不仁地摇头,有点矫情地说:最后一次,再为我做一只陶吧。我感到我的内心很荒唐地触动了两个凹凸不平的字:爱情。一瞬间我愕然。就像一只猫在快乐地吃着鱼,是的,我们相处得很好,像猫享用鱼一样快乐。但是这只乐极生悲的猫一不小心哽到了那枚名叫"爱情"的刺。

很严肃的问题是这枚纯属意外的爱情之刺把这只年幼的猫弄痛了。

我看了一下窗外,提醒自己这是个适宜别离的干巴巴的冬季。我一遍遍强调给自己,梵小高不过是我身旁一颗飞逝的流星,但我还是无法否认这颗流星剧烈的光亮已经灼伤了我。

整个下午,我们合作完成了一只非常个性的陶。它纯圆,胖得发喘,只有一个指甲那么大的心形瓶口。我要求它有单薄的罐壁,因为那样在敲击时可能会有令人悸动的声音。我就是在让那机器那陶转得疯狂的时刻,悄然落了一滴泪。它滴在罐子中,逝去无声。梵小高拉起发愣的我,停下机器,他无比温柔地说:傻姑娘,陶壁再薄,烧的时候就要爆了。

我定定地看着那只罐子,怯怯地问:给我一枚你的陶制扣子好吗?于是我得到了那枚梦寐以求的刻有一段沧桑的鱼骨的扣子。我擎它在掌心,这就是弄痛了那只小猫的鱼刺吗?我喃喃地问自己。

扣子被我小心地嵌在罐子上,那只罐子立刻像戴上了高贵的勋章,显得趾高气扬。这是我们合作的陶,它将拥有我们共同造就的生命,在以后的日子里,我可以用它来凭吊过往,我可以聆听敲击它的天籁之音,触摸它泥土的身躯,让这个我爱的偶像可以及时从往事里跳出来,一如从前与我对看眉眼。这只陶里盛着我们的爱情,那无色透明的芳香气体。知道我为什么尽力将瓶口做得那么小吗?我怕这些气体飘摇着就逃逸出去了。

这就是所有我可以为我十七岁的情感所做的。

从陶做好到可烧制,大约有二十天的时间。这期间一个淡玫瑰色的黄昏,梵小高离开了。我安静地坐在窗前,在蓝山咖啡氤氲的香气中,在幻听的火车鸣笛声中,一遍遍默默同这个蹩脚的少年艺术家说着再见。

我在我们的陶宝贝烧制的时间,安静地等在窑旁。梵小高已安排好,这一炉只烧我们那一只陶,让它有一个隆重的诞生。我在漫长的等待中想象着这个圣洁的宝贝,它古铜色的皮肤,它滚圆的肚子,它身上沾染着他的气息。

然而一切在一声巨响中终止。爆炸声——来自孕育我们的宝贝的炉中。这一声是我们的宝贝在这世间唯一的声响。它爆了,碎了,破裂了,夭折了。

这场单薄的爱情注定如此脆弱。

我无法遏制地号啕大哭。因为我们的爱情爆炸了,支离破碎了。我奔向炉边,在那堆残骸中寻找,摸索。

那枚扣子。

残缺。

我再次凝望上面短短的、断裂的鱼骨。我惊讶地发现,它竟像极了一道心口的伤疤。

领衔的疯子

1

我一直都想开一家酒吧。用玻璃建得美轮美奂。透明的窗帘,可以看到同一时刻的不同脸孔。种几棵很个性的植物,有一架旧片机放着叫人猜不出名字的爵士乐——我不请 Pub 歌手做现场演出,因为直觉告诉我,他们不是纯得可以配得上我的"绿吧"的。是的,绿吧,我赋予它的名字。在黄昏之后,用绿色霓虹包围它,清亮得像块薄荷糖。咖啡机缓缓转着,将一个个温暖的梦揉碎在里面。我永远如一个过客般匆匆来去,谁都不知道它是我的。

这是我唯一一个不灰色的理想。

在我的成才史上,一共有四个人支持我这个有关开酒吧的梦。两个是我最好的朋友:妙妙,晨木。两个是宠我的老师:凌凡,小蔚。现在凌凡在最高的地方,小蔚过着最有规律的生活,晨木在搭计程车就可以看到埃菲尔铁塔的地方天天画教堂,妙妙穿着七个耳洞蹬着红色溜冰鞋炫在大街上。

他们都有不俗气的人生,都是生活的领衔者。但我发现这一类生活的领衔者大都是被喻为疯子的。

2

当初进美术组,纯粹是混日子的。

我和妙妙永远保持着一致性。当我们发现美术组有个帅气到使全校所有因爱美而拒绝戴眼镜的女生在两周之内全部配戴上眼镜的男老师,我们千方百计地挤进了美术组。

这位名为凌凡的男老师永远穿一件很长的纯色衬衫,从不打领带,头发及肩。两周后有一天他站在讲台上倾情地大讲罗丹时我就很自然地安排他在我心里住下了。那个迟到的秋天来到时,他已在我心中生根发芽,长得枝繁叶茂了。妙妙居然在这件事上,也与我一致。

小蔚是我们的语文老师兼班主任,我们是她的第一批学生,很遗憾,也是最后一批。她是那种柔得可以融化你的女孩。爱穿黑白鲜明的裙,或咖啡色的毛衣、棉猴。但是她也可以将野性的桃红色演绎得美得很平和。小蔚在上任的第三天就以一首苏轼的《江城子》彻底征服了我们。那天她一身白衣站在刮偏南风的教室门口,头发浸着夕阳的微红吹散开来。那一望我们就把她的形象定格在绝尘凄美上了。

中间种种都可以一个"缘"字带过,大家走到了一起,不再有长幼尊卑,是最交心的朋友。我,妙妙,小蔚,凌凡,还有晨木。

我和晨木的缘曲折得像海岸线,不太浪漫,但至少悠长和缓。晨木虽然与我同班,但并不相熟。后来在美术班熟络起来。只觉得他的才情盖不过偏执和傲慢,但毕竟是个使我牵挂的人。我们在学校门外的梧桐树下一起走过无数次,讲话却寥寥。有时我跑几步为拾一枚完好的叶,他就用长辈的口气劝诫我要安静。或者他是想用他沉重的严肃凝固我的热情。何苦?

我和晨木常常一起吃麻辣烫,但终究也没吃出个"爱情麻辣汤"。我总要涂厚厚的红辣椒,他看了就会皱眉。我的吃相一定很不淑女。因为他总是停下来只看我吃,眼神怪怪的。可他仍邀我,我也还是乐颠颠地前往。就是这么一种平淡而微妙的依恋。

我们五个人一环扣一环地织得像一张网:我和妙妙是雷都劈不开的知己;我和晨木被一种莫名的缘牵着;我和妙妙很欣赏凌凡,在欣赏之外,又不觉得都在迷惘的爱中沦陷;凌凡是晨木的偶像,是晨木的方向,晨木执著地画着,居然并不渴望成名,只是想做一个凌凡一般的人而已;我们三人同为小蔚的最爱和最好的学生,我们惊诧于有小蔚这般柔美的女子的存在,疼惜着她,像对待稀有动物一般保护着她;小蔚和凌凡之间恍若缘系三生的倾城之恋更是上演得轰轰烈烈,只是来去太匆忙。

3

十月,我一人去了因着小蔚的疗养院。位置很荒凉,依着一座颓废的山,不知一季会有多少迎着灿烂绽放的花,失望寂寞地枯萎、离开。而且树木太高,置身的人几乎窒息。我捧了一束粉紫色的勿忘我——事实上由她的病情来看,她已然忘了我。隔着玻璃窗,我看到了一身素白病号服的小蔚。她靠着水蓝色的窗帘倾斜地站着,玩着一根狭细的灰绿色叶子,手指绞着叶茎,出奇地专注。我敢肯定她是我见过的最安静的疯子了。我觉得此刻的她依旧很迷人,依旧顶着圣女的光环。我无法靠近她,因为一群怒视我的疯子不允许。小蔚俨然是他们高高在上的、不可侵犯的公主。

就是这样的,小蔚安静地坐在他们围的圈子中,旁若无人地玩着纤草,疯子们的步步逼近迫使我退出房间。我绕到后窗,将勿忘我轻轻放下。小蔚看到了,浅笑着过来取,——她还是一如从前地爱花。她的眉目已不再系着哀怨,看来如婴孩般纤尘不染。

然而我蓦地从她的纯净中找到了自己埋藏很深的邪恶。我无法遏制地使对她的恨跳出内心,直到此时,我才发现,我恨。我甚至想用手指钳住她雪白的颈子。可是我听到凌凡在我的体内呐喊,阻止我。——我答应过凌凡,我很乖,我得听他的。

我什么也没做,除了离开。背影淹没在小蔚四散开来的笑意中。

4

凌凡现在在天堂,——我所知道的最高的地方。这很便利他画,因为他什么都看得到了。

小蔚给了凌凡一杯毒酒,她一定是笑着劝他喝下,——没有人可以拒绝小蔚的笑容。

凌凡就如此轻易地死了。

小蔚准备了两杯毒酒,她乐意追随他。可她还没来得及去,已经疯了。她就去不成了。他就注定要孤单了。故事这样落幕,可我们却被他们的故事溅得浑身是血。

小蔚在那晚午夜打电话给我,我问她为什么不睡,她说马上,但可能会睡久一点,要我帮她请明早的假。次日我想起她的怪异时,凌凡的葬礼将至。我想小蔚给我电话时,凌凡已在去天堂的路上了,很可能只到了半路上。

我和妙妙在得知噩耗的当晚,相拥睡在了一起。我们喋喋不休地讲话,泪水一发不可收拾地洗着脸。妙妙说她恨小蔚。然而痛苦已使我不懂得什么是恨了。妙妙问我,凌凡没事吧。我说没事,去天堂的路会很平坦。我也问凌凡会不会走得很痛苦。妙妙答,他的走是好事,我们不都说看着他这样完美的人一点点老去是很可怕的事吗,现在他永远不会老了。我哭着笑了:他不老了,真好。

第二天,我和妙妙没有去学校。妙妙把我从可怕的血色噩梦里拉起来,帮助我套了一件纯黑的衣,替我很认真地洗了脸,带我上了街。她永远比我坚强。

妙妙说,就让我们最后一次、最彻底地追溯他吧。她先带我去了学校对面的教堂,那里是凌凡最常去画画的地方。他并不信仰天主,他不祈祷,也不做礼拜。但他在教堂面前总会格外安静。他画不同角度的教堂,画不同时刻的教堂。他画的教堂如小蔚一般美得飘渺,美得不真切。教堂太静了,我一时间迷失了自己。我在近乎停止的思绪中翻到了"天堂"两个字,于是欣喜若狂。大概天堂就在教堂的上方罢。我想或者可以听到凌凡的声息。最后我沮丧地告诉妙妙,我尝试着飞越人间和天堂的界线,可惜还是失败了,快带我离开。还是晚了,这时教堂的钟声响彻云霄,我错愕地哭了。

后来我们去了凌凡喜欢的酒吧。"燃情岁月"在下午时分通常很寂寥。我要了酒,不太烈但足以醉的酒。

凌凡喜欢酒吧。他每每都坐在高脚椅上,并不喝酒,只是专注地看酒的清澈,待最后要离开时才一饮而尽。他带我们过来,给我叫的是名为绿薄荷的甜酒,像糖水一样好喝。他就叫我糖水丫头,笑我的纯。我知道凌凡一定喜欢可以喝烈酒的、有阅历的女子。小蔚太弱不禁风,没有霸气和骄傲。而我和妙妙不过是他不谙世事的小妹。

这时晨木推门进了"燃情岁月",很亮的一束光照得我的悲哀无处躲藏。他坐下,要了一杯"黑方"。他在同妙妙讨论小蔚的心理。他说小蔚虽然有柔弱的外表,但内心渴望征服凌凡,有着最强的占有欲。死是一种占有和征服吗?妙妙问。我不插话,也不专注听他们谈话,但我还是听出晨木显然也被击垮了。他甚至打算放弃最爱的美术。我听到妙妙可怕的预言,她诅咒小蔚今生来世都要不休地受苦。我看到了一个自己不熟悉的用仇恨重新书写的妙妙。我无法恨,小蔚透明的微笑让我相信这是一次意外。我透过咖啡色的灯光看着墙壁上一幅张牙舞爪的鬼的画。冲我笑呢,他。谁?凌凡吗?

后来他们叫我。我不应。星蓝,讲话。星蓝!晨木无限温柔地唤我。我回身已满脸是泪,我冲他大吼:叫我糖水丫头!

5

那天小蔚上了晚报的社会版。

我在报摊旁看着每个买报的人。他们即将看到不明内情的记者笔下那个暴力的女巫似的小蔚。我想解释给他们听,我们的小蔚有多善良,她连没人要的弃猫也收养。真的。事情发生在五月。当我们明白这件事潜伏的灾难时,中考伴着特大的雨季到来了。我们三人无一幸免地失败了。我没有怪罪小蔚,因为三年里她也教会了我很多。

晨木那很有面子的老爸,帮他实现了去艺术之都的求学梦。他将在冬天到来时体面地离开。

妙妙一天比一天颓废,她是个极端的人。小蔚的做法让她得出两条结论:人都虚伪;知识没用。她不再信任何人,像一只受到重创的刺猬。她上了职业学校,但只读了几天。

我复读了。

我收养了小蔚收养的弃猫。它叫酋长,很老,跛脚。

那个伤心的暑假,我、妙妙、晨木都不常联络。晨木偶尔来看酋长,他很喜欢这只一无是处的猫,我也是。因为它是我们五人唯一的共同财产。

在那段日子里,我觉得凌凡又如从前一般住到了我心里,时刻与我对话。可小蔚那无孔不入的玄妙的淡笑会打断我们。

6

复读的日子我很乖,不像从前那么张扬。我不与外界联络,但凌凡例外,他在心里支撑着我。

圣诞节时晨木约了我,他要走了。我们没有找到妙妙。妙妙彻底消失了!

我和晨木在一家很热闹的商场见面,地方是我选的,我认为热闹可以冲淡分离。晨木在这半年里又长高了,穿着一件灰白色的长风衣，我必须承认他很吸引人。我忘记了自己的衣着，只记得围了条火红的围巾。那是我半年来，第一次穿红色。

他一直交代我要做的事。诸如寻找妙妙，好好学习，忘记过去。他说得很亲切，不像从前那样轻狂。我怕哭，我已经半年没哭了。所以我看着他的眉毛不太倾注地听。我才发现他的眉毛那么好看，顺畅地像道流水。我开始数他的眉毛。我数到第二十二根时他打断了我。星蓝，这是我们最后一次谈话，认真点好吗？你不再回来了吗？我怯怯地问。他说尽量不回来。但他很快抬头看我——他关心着我的表情。他补充说，但可能为看我而回来。

我就在那一刻肯定了晨木一直喜欢我。因为那一刻他的表情美丽得经典。我感到一种满足，或是感激。我冲动地想讲给他听，讲凌凡在我心里的入住，讲对小蔚挥之不去的思念，讲我失掉了最珍贵的妙妙。我想说说我的"绿吧"，里面挂满他和凌凡的画，我想我们一如从前地聚会，我可以喝着绿薄荷被叫着糖水丫头。我想再和妙妙一起去淋雨，在空旷的篮球场高唱，得到他和凌凡的喝彩。我想和小蔚一起穿桃红色，我想再被人看着不淑女的吃相吃下辣透了的麻辣烫。

可是是道别不是吗？要晨木带上这么沉重的悲哀飞去巴黎吗？爱也不是理由。

他又再三强调好好照顾酋长。然后我们道别了，在商场三楼。我们没有沿用任何一部电影或小说的道别方式，比如《东京爱情故事》中很经典的一起回身，一起数着步子背向而去。我也没有心虚地挂一个赤名莉香式的微笑，我们也没有欲言又止地叫住对方。就是最简单地道了声再见,我上楼,他下楼。

我不慌不忙地到顶层的餐厅里要了一份包括一杯咖啡两块点心的下午茶。我还安静地听完服务小姐诸如祝您用餐愉快、圣诞快乐的套词,然后在靠窗的位置坐下。圣诞节,窗子涂满色彩。我从透明的地方看出去,刚好,晨木走进我的视线。我是算好的,我对晨木的走路速度了如指掌。

我突然间发现晨木长大了,很有些凌凡的气韵了。他的长风衣在大风里舞得很好看。这时餐厅里响的是莫文蔚的《阴天》,我喜欢她不规矩的声音。她在唱:总之,那几年,你们两个没有缘!这弄哭了我。再见,晨木,我喜欢和喜欢我的人。再见,我听见心里凌凡也对晨木说。

7

我和妙妙没有重缝。我疯狂到她可能去过的地方贴满寻人启事。我也听了许多关于她的传说,她爱穿红色旱冰鞋,打了七个耳洞,梳着十七条辫子——她的年龄。她做了我一直没有好感的Pub歌手,她也可以喝我不敢喝的烈酒了。

她爱着凌凡,恨着小蔚。她唯有躲避开我,离开从前的圈子,才可以彻底遗忘。

8

我喜欢村上春树的小说。但并不是最喜欢《挪威的森林》,而是喜欢有些乏味的《寻羊冒险记》。因为我在这本书的第二百八十页看到了一句主人公与他的朋友的对话：

"你已经死了吧？"

"是的，我是死了。"

我愕然。这正是我与凌凡的对话。每次我和凌凡谈话一直讲到我怀疑他还活着，我就问：凌凡，你已经死了吗？他干脆地答：是的，我是死了。然后消失在我周围的空气里。然后我听到碎片声，不知道是什么碎掉了。酒杯？我那玻璃的"绿吧"，或更重要的东西？

我终于明白死亡是多么不朽的事了。

9

一年后，我过上了迟来的高中生活。酋长死了。老死的，有一天突然在梦中睡去了，不再醒。死得很安详。我甚至是高兴的，因为每一个人都应该有这样一个死亡。

一个人的生活很乏味，不再有大悲大喜，不再是生活的领衔者，但也不会"很受伤"了。

我在 E-mail 上对晨木说：戏散了，我所能做的，只有主演自己的梦了。

这年冬天的家书

爸爸

爸爸。我说。

我其实没有什么想说的,只是很久没有喊这个称呼了。我想叫你。

爸爸我梦见荷花开了,就是我们家门口的。你带着我过马路。手和手是一起的。爸爸我们是去看荷花么?

荷花,荷花是像我的鼻血一样的红色,玷污了我的梦。爸爸我为什么总是流鼻血,你说给我的抬右手臂的办法不再奏效。我只有昂起头。荷花也开在天上。比云彩还纯洁的假象。我看着它们,爸爸我们家搬去天上了吗。

爸爸,我不是奶奶,我不能这样说可是我仍旧要这样说你,你是个能干的小孩。你看我们的家多好。它多好啊爸爸,还有你和妈妈。还有我们拥有的一切,都是你给的。

爸爸你有没有数过呢,你究竟给过我多少件东西。从小到大有多少件呢。爸爸我想数的,我企图这样做过,在我异常愤怒和你争吵的时候。我在心里数。我说都还给你还给你。我数它们。它们密密麻麻,它们糊在我的整个青春上面,像一个总是不能结尾的美妙童话。童话。哦,爸爸我喜欢你给我买的童话,虽然我要你念给我可是你没有时间。爸爸你欠我一些时间,这个你知道吧。仍旧在么,它们?是在写字台下面的抽屉里吧。爸爸我不能还给你了。你给的爱和东西物件我都不能还了,我享用了太多年了。你看我已经是依赖的病患了。我抱着你给的东西就会笑嘻嘻。笑嘻嘻的我也能忘记你欠我的一小段时间。

爸爸其实你欠我的是很短的时间。因为很多时间我们是一起的。比如我坐在你汽车的后面。我坐在后面看见你看着前方。我喜欢你开车,爸爸,虽然我觉得那太有目的性。是不是能干的人都像你一样有目的性呢?你总是带我去我要去的地方。学校。家。运动房。就是这样。爸爸其实我想和你去远方。我想和你走走停停去远方。我想你买你喜欢的热狗分给后面的我一半。我就要一半,谢谢。你现在在抽烟,因为我睡着了你就不能抽烟了,可你不知道我喜欢烟。我也想你分我一口。我就要一口,呵呵。

爸爸,你欠我一小段时间。这段时间里我们可以悄悄去一个远方再回来。这期间我们还抽了烟吃了热狗打盹睡觉接了电话。然后我们回家。爸爸我喜欢我们的家。我们回去的时候是快乐的。你看它建在荷花池旁边,夏天天黑了荷花仍旧明亮。我看见荷花探头去泉水里洗脸。然后继续明亮。爸爸如果没有时间陪我去远方,我们坐下来看看荷花好吗?它们离我们很近,非常友好。我们就安静坐下来看荷花吧。

啦啦啦,荷花照亮我的家。

啦啦啦,荷花照亮小鱼虾。

爸爸,我忘记问了,你喜欢我唱歌么?

爸爸,我现在和你相距一片陆地两块汪洋。可是我常常梦见荷花和我们的家。我们的家啊,爸爸。我梦见你牵了我的手过马路。

爸爸我们是去看荷花吗?

我要把我欠你的小段时光还回来。你牵着我的手说。

妈妈

妈妈。我今天病了。打电话给你的时候我没有说。

我给自己买了厚厚的被子,冷气还开着,热带雨林的雨像个急于成名的蹩脚乐队一样天天敲敲打打地练习。就这样,我安安静静地生病了。

妈妈,我知道怎么治病的,我找出你给我装的大箱子。它可真大,里面什么都有,像我原来的家。

我找到密密麻麻的写满字的单子,上面你说:药放在第二层里。

我吃的仍是大明湖畔那个城市的制药厂生产的药。它们一直放在那个庞大箱子的一角。我把它们抓出来,它们冰凉冰凉的,带着我从前那个没有来得及品味的冬季的气息。妈妈我是在冬天离开你的吗?是吗是吗我记不清楚了啊。

妈妈我现在很害怕你。

世界上再也没有比一个无比美丽和善良的女人老去更可怕的事情了。妈妈你不要老好吗?我就回去,回家,我会跑得很快很快。不用你来机场接,我知道让计程车司机在第三个路口转弯,然后直行比较近,你告诉过我的。妈妈,我真想,就穿着这件热带的蕾丝裙子飞快跑回去,经过我们家门口的湖和泉水。妈妈我还看见了我们从前养的那只猫。可它为什么没良心地走掉了呢？我们对它这么好。妈妈我真的想这样一路跑回去,穿越大峡谷、热带雨林,还有海。我翻过高山,走过麦田和北方的靛蓝色的平原。我将穿着我最好看的一件裙子站在你的面前。可是妈妈,为什么又是冬天了呢。为什么荷花凋谢泉水哽咽了呢。妈妈我是在冬天离开你的吗？整整一年,有吗有吗,这样的久我不能相信了啊。

我穿着我最好看的裙子站在雪地里。北方的风从四个方向吹过来,中间的我是中空的。我看见风在我心里汇成的漩涡。漩涡,倒映下你顾长的影子。妈妈,我是害怕你的。没有一件事情比你老去更使我难过。你看我回来了。蕾丝裙子是你喜欢的样子,我知道你喜欢的呀,妈妈我们两个一起穿蕾丝裙子好吗？

妈妈你的手上为什么仍旧有伤痕。是你给我掰核桃留下的吗？妈妈我看见你手上的伤痕,我看到那些尖利的东西欺负你,我讨厌它们。妈妈我怨恨核桃了,不再喜欢了,你不要剥给我了,好吗？

妈妈你说我回去后的第一天我们做些什么呢。你说我们,我们两个做些什么好呢？妈妈我们再来养一只猫好么？我们的老猫咪真是糟糕。它承诺我的啊,我走之后它会乖乖在家里,好好陪着你,可是可是它走得比那个冬天还要快。我们这次好好养好么？我们养只忠诚的猫,或者狗,随你喜欢。我们带它去散步,给它挂银闪闪的牌子,一起给它洗澡好吗？妈妈,我多想有个小家伙陪着你。

妈妈或者我们一起去买菜吧,你说好吗？我还是不会还价,可是我会挑拣了呀。妈妈你给我买件围裙吧。你送给过我数也数不清的衣服,可是现在我想要一件围裙你说好吗。我要和你一样的。零星小花和黄晶晶的油配在一起真是好看。要爸爸来给我们照相吧。我们都穿黑色蕾丝裙子。我们都穿围裙。妈妈你相信我,仍旧会有一样多的人说我们像姐妹的。

　　妈妈,你想要我陪你去做什么我都去。妈妈我们再看电视吧。我在天寒的时候坐过来抢你的毛衣,妈妈你就把那件毛衣送给了我。可是我现在在永远二十八度的天气里,我没有穿它。妈妈我对不起你和你的毛衣。其实我不喜欢它,我和你抢是因为我喜欢你穿它的样子。嘿嘿,我以为我穿上也会是一样的好看。

　　妈妈,我今天病了,因为我昨天夜里有一个非常壮丽的梦。我穿着我好看的裙子回家了。翻山越岭,我甚至还碰到那只背叛的猫,我抓起它的耳朵带它回去见你。可是我真的没有料想是一个冬天。我离开有一年了吗？

　　妈妈,如果是真的,如果我那么英勇地回去,你答应我,你什么都不要做,你就在门边等我好吗？你答应我带着你一年前的样子站在门边等我好吗？

　　妈妈,我在小心地走近你和看清你,我们都小声点好么,我不想吵醒这个华彩的梦。

翅膀记得，羽毛书写

我一直以为，你就在比我高一点点的地方。你低一低头，我就能摸到你的头顶。

1

在遇到她之前，它未曾后悔过自己是一只鸟。相反的，它有一对羽毛丰满、开合有力的翅膀。它十分满意因翅膀而享有的高贵的自由，那种飞掠一切，俯视一切的透彻淡定。可是它却遇到了她，那是一件令翅膀亦变得无能为力的事。它常常都能在这片水塘附近看到她。初春时节，她穿着一件白色的外套和靛蓝色的短靴，小手装在一双灰色的兔毛手套里面。女孩漆黑的头发梳着平顺的刘海，皮肤仿佛很少接触太阳般白得有些不真实，眼瞳非常黝深，让人想要沉溺探究。它可以感到她与一般女孩的不同，她不似受过任何不好的浸染，好像只是一直在清澈的水潭中生长的水草，靠近了便能闻到清甜草香。可是她看起来又是那么纤弱，过分瘦削的身体在大外套里晃来晃去，它看到大片大片的风钻进她的衣服里面，那么生猛地仿佛要侵吞她。这令它感到十分心疼，想要伸出臂膀去护住她——它竟忘记了自己只是一只鸟。

它渐渐地发现她的不同。她是没有视觉的女孩,眼前永远是黑暗。因为它注意到她手里拿着的拐杖,注意到她走路的趔趄。她看到斑斓的蝴蝶落在眼前的花朵上不会笑,有大颗的泥点溅在她雪白的外套上她亦不会蹙眉。它很少见到她微笑,她只是沉静地走到水塘旁边,把拐杖靠在一棵树上,然后面对着眼前的水,这样孤单地站着。它亦不动声色,只是站在她身后的大树上看着她。常常如此,她看着水,它看着她,这样地度过一个一个的下午。它相信这样的陪伴即便不能算得是一种保护,亦会因着它的诚心而为她求得平安。

而刚刚下过大雨。它有些失望地站在枝头,以为她不会来了。可是雨刚刚停,她就拄着拐杖摇摇摆摆地走了过来。它注意到今日的她略有不同。她穿着一件玫红色的开身毛线外套,虽然天气还有薄薄的寒意,下面却穿了黑色雪花呢的长裙。她还仔仔细细地把自己已经长长的头发分成两绺绑起来。又在苍白的脸上涂了少许胭脂,眉毛亦用心地描过,整个人看起来比平日里明艳很多。它还是第一次看到她精心打扮过的模样,觉得十分好看,心中亦觉得欢喜。它看到她径直走向水塘边。一直走过去,可是这一次却没有在岸边停住,她仍是向下走去,步子却十分沉着。它心中一惊,难道她不知道前面是大片的水吗?

她却仍是向前走去,面色坦然。它惊惧地看着她,这是一只鸟永远亦不会理解的事。它不会懂得人的轻生。它不会懂得生命原来可以自己选择。在它心里,生命是一件被动的事情,它以每日的吃喝生计的形式来延续,直至因为衰竭或者猎人袭击的突发事件而终结。

这是无法选择无法预计的事,像是一棵树木的生长,无法逆转或者随意中止。所以它无法理解她这样镇定地走入水塘中央的意义。它只是知道自己在那一刻忽然心被狠狠地抓了一下,然后它听到自己叫了出来。它从来不知道自己可以用相同的语言和她对话,可是它的确叫住了她,那是一个年轻男子的声音,从它的嘴里铿锵有力地发出。这声音注定了它和她早已栽种在宿命里的情缘:

不要再向前走了,前面就是水了!

女孩一惊,她止住了脚步,慢慢回过身来问:你是谁?

它这才发现自己已经和她在对话。它有些害怕,又想飞起来就此走掉,可是心中却终是不舍。并且内心已经泛起了如海潮一般激烈的声响,它多么珍惜可以与她说话,因此激动不已。于是它努力平静地说:

我只是一个路人而已。

它悄悄地站在树梢,不敢动,亦不敢发出任何声响,担心翅膀发出的声音令她怀疑。可是她却相信了它,只是问:

为什么阻止我,你不会知道生命对于我而言的绝望和漫长无边。你不会知道,眼前永远是彻绝的漆黑的感觉,就好像你被关在一只密不透风的铁笼子里,你哀求,你祈祷,你所做的一切都是徒劳,只有伸手不见五指的漆黑,一层一层严严实实地包裹着我。你能不能体会,能不能?她声音越来越大,空茫茫的眼睛里簌簌地掉下大颗的眼泪。它这是第一次那么近地看到一个女孩的眼泪。晶莹如清晨里最璀璨的露珠。它很想飞下来,过去衔住它,宛如珍宝一般地收藏它。它却只能站在她头顶的树梢,竭力地安慰她说:

你只是因为看不见吗？我可以做你的眼睛，总是陪着你。它十分坚定地说。它的笃定只是来自于对她的喜爱。它只是想给她些许保护和温暖。所以它并不懂得这些话从年轻的男子嘴里说出来该是多么唐突。

女孩的脸登时红透了。她只是感到一个陌生男子在比她高一点的地方对她说话。她猜测他高大，有一张刚直坚定的脸，却又略带稚气。她亦可以感觉到这陌生的男子对自己的关爱，虽然唐突却足够真诚。太阳慢慢地探出来，她就在这一刻忽然感到了和煦的阳光。一切都在很近的地方，她可以伸手碰到，包括这份刚刚抵达的情谊。于是她慢慢地舒展了那颗已经皱巴巴急于选择离去、结束的心。她轻轻地问：

那你能跟我讲讲这世界的样子吗？天空中有什么，地上有什么，它们都是什么颜色，什么姿态。

唔，它好像忽然被问住了，它从来没有描述过所看到的事物，一切被它看在眼里亦就是被接纳了，从不需要表达。这对于它显然有些吃力。它努力地描绘着自己看到的一切：

你能看到树杈上有鸟巢和蜂巢。鸟巢里面有小小的蛋，蜂巢里不断飞出忙碌的蜜蜂。天空中有层层叠叠的云彩，远看是绵绵的一片，可是当你穿过的时候，却感觉只是有水滴沾在羽毛上的沉重感，不会再看到那些白花花的东西。呃，你还可以看到房顶的瓦片，如果是冬天，就覆盖了厚厚的一层雪，像是白色的梯田，如果踩上去，就会留下像小桃花一样的脚印……

它说着，已经完全地沉浸和陶醉了。它闭上了眼睛，仿佛感到自己正和女孩一起飞在天空里,翅膀已经尽情地打开,连耳边的风声都那么抒情。

女孩琅琅地笑了起来:

你一定是个顽皮的男孩,特别喜欢爬到高处去。所以你总是看到常人看不到的景色,是不是?

它有些不好意思了,一时不知道说什么好。女孩却又说:

不过你说的这些真是美好,我多想看到啊。

你还想看到什么?我都说给你听,也带你去看。

2

从此女孩以为有了一个呵护她的男子在她的身边。她能感到那层层包围起自己的温暖,令她开始渐渐变得健谈和开朗。她在每个下午都按时来到这里,站在湖边或者坐在树底下。她感觉它是个脚步很轻的男子,每次她都不能感到它走近的脚步,可是它就已经在了,站在比她高一点的地方,仿佛是俯着身子对她说话。

它亦总是在每个下午的时候来到这里。它没有手表,无法知道确切的时间,所以只要看到太阳升至最高,它就飞到水塘这边来,开始等待。它看见她走过来,却只是不动声色。直到她已经站定,开始她的等待,它才忽然对她说话。仿佛一直在离她很近的地方守护着她。有时候下雨或者阴天,没有太阳,它就在天明之后一直等待在这里,生怕把她错过。它渐渐对到处飞旋游玩失去了兴趣,它甚至对一顿美味的食物亦没有渴求,常常潦草地果腹就栖在枝头等候。

它也许不算聪敏博学,可是它尽自己所能地把所见有趣的事情都说给她听。女孩觉得它真是有趣的男子。因为它所讲述给她的世界和别人所描述的完全不同。它的视角总是那么特别,知道的事情又是那么奇妙。比如它对她讲述茂密的森林深处的动物或者天空中的云霞。她猜测它一定是个喜欢旅行,格外有生活情趣的男子。

女孩亦把自己的事说给它听。她自幼丧母,跟着父亲和祖母过着平淡无味的生活。父亲是个鲁莽粗糙的猎人,常常出去打猎只把她和年迈的祖母留在家里。他有时亦喝酒至烂醉,就会打骂她,觉得她不是坚强有力的男孩子,不能撑起他将来的生活,相反的,还是一个盲女,总是给他带来诸多麻烦。而她只是默默地承担这些,她想她可以体会一个鳏夫独自养大一个盲女的艰辛。于是她努力地多做家事,很小就学会做饭持家,亦懂得好好照顾自己,不给别人添任何麻烦。幸而还有祖母的疼爱。祖母是信奉佛祖的善良女子,常常跪在祠堂里为她祈福。祖母亦常常说故事给她听,故事里自有外面的洞天,令她无限向往的外面世界。然而祖母却在几日前离开了人世。父亲在外打猎,只有她一个人守在灵堂里,她听着火盆簌簌冥纸燃烧的声音,忽然感到生活变成了十分细的绳索,一步的前行都是这样的艰难。于是她决定离开。这离开亦是一种追随,对母亲,对祖母。可是就是这样一个原本以为再没有什么不舍的时刻,它阻止了她。她因着常常跟随祖母诵经,相信有宿命这样一回事。于是她觉得也许是冥冥中上天安排的力量,要携住她的手带她穿出这一片荒寥生冷的荆棘。她唯有向它伸出手。

它默默地听她说着她的故事。当它听到她的父亲是个猎人的时候,心中凛然一惊。它下意识地紧紧抓了一下树枝。它自然知道这其中的危险。它见过猎人那令所有的鸟都惊惧的猎枪,它亦亲眼看到过自己的伙伴死在猎人的枪下,那个时候它和很多其他的鸟都倏地飞了起来,它们仓皇地四散逃去,那种感觉它一直那么清楚地记得。

可是它已不能就此离去。它感到女孩对它的信赖。她把自己交付,希望它代替她去感知这个世界。它的一切感知就像是她自己的感知一样。这是一种多么深重的情谊,令它感到温暖,不能退却。而它亦是需要她的。它时刻在乎着她的喜怒哀乐,它讲话的时候她全神贯注地倾听,它说到有趣的地方她所流露出的难得的微笑,这所有的,它都是多么的在意。

然而它能给她的却只是这么少。她渐渐感到这个男子的不同。他从不抚摸她,亦不拥抱她。更加不会有亲吻。这是一种想来让女孩感到无情的交流。为什么他从不试图更近地接触自己。为什么她可以分明地感觉到他对自己的关爱,却无从得到他的任何表示。她多渴望他能再走上前来几步,紧紧地抱住她。可是没有,连轻微温柔的触碰都没有。她只是能感到他在高一点的地方对她说话,声音源源不断地输送着温暖,可是也许那只是声音。再没有其他。

这样的僵持一直心照不宣地持续着。冬天到来的时候她终于无法继续忍耐。她感到这情感并不像她想象的那么纯致。她想要问一问他。是的,她决定问一问他,为什么他不肯给她一个拥抱。他是不是在爱她。

然而她永远亦不会知道,它为了留下来守着她看着她,已经错过了飞去南方的时节,这里是酷寒的地区,只剩下寥寥几只的鸟儿。它们瑟瑟发抖地和漫长的冬天抗衡。她永远亦不会知道,当她围着厚厚的围巾,穿着棉外套和它说话的时候,它正站在枝头,身体不停地打颤。她永远亦不会知道,它开始找不到食物,栖身的树枝上落满了冰冷的雪……

她只是想索要一些爱,能够证明他爱着她的一些凭证。

于是就在那一天,当鸟又和女孩平淡地度过了一个下午之后,鸟对女孩说:

天要黑了,你得回去了。

女孩没有动,只是站在原地沉默。猝然地,女孩的眼中涌出泪水,她仰起头,对着它喊:

为什么你从来不能抱我一下呢,为什么?

它愣住了,在枝头一动不动。它何尝不想给她一个拥抱呢?这样的渴望从第一次它看到她孤单瘦索地站在湿漉漉的早春天气里的时候,就有的。可是它如何能够抱住她。它这在冬天里还瑟瑟发抖的身躯显得这样的小而萎缩。它的力量是这样的卑微。它伸出翅膀,努力地想做出一个环抱的动作,可是翅膀在空中只是画出一个小小的圈就沉了下来。它能给的温暖是如此微薄,恐怕连女孩的一只手都无法暖热。

女孩在那里等待了片刻。她的心中仍是抱有一丝希望的,她以为此时他过来抱住她。然而她仍是没有等到,周围死寂寂的沉默。女孩终于失望之极地紧抓住自己的拐杖,快步跑走,而她的身后,是一只站在枝头瑟瑟发抖的鸟,在飘雪的天气里几乎变成了僵硬的塑像。

3

女孩的父亲亦感到了祖母死去之后女孩的怪异。她在每个下午焦灼地赶出门去。有时候会小心地向他询问时间。大约是两点钟,她必定会准时出门。他开始在她的身后跟踪她。她总是径直走去水塘边。他远远地看到她站定了,和树梢上的一只鸟对话。多可笑。女孩每个下午都跑来和一只鸟说话。他明了了她的小秘密,嗤笑,想掉头离开的时候,却亦发现这鸟儿生着一身淡黄色和浅绿色相间的艳丽羽毛,而身躯饱满,是罕见的珍贵品种。他下意识地举起了手中的猎枪。——可是它还很小,它仍旧可以长得更大些,羽毛将会更加丰盈亮泽,不是吗?于是他又缓缓地放下了猎枪,决定再给它一些时间,等它长大。因为他已经发现要捕获这只鸟一点亦不难,这只鸟似是十分喜欢他的女儿,每个下午都飞来这里停在树枝上听他的女儿说话。

猎人从春天等到了冬天。他开始有些担心这只翅羽华贵的鸟会不会迁徙走掉。他决定动手。

这一日他又跟随女孩来到池塘边,他躲在远远的暗处观察。女孩在离开的时候忽然满脸是泪,跑着离开了。他心里觉得奇怪,却亦不再多顾忌。只是再看那只鸟,它一动不动地站立在枝头,因为下雪,羽毛上落下了一层一层的深深浅浅的白色。他觉得这只鸟十分怪异,纵使在枝头冻得几乎僵硬,亦不肯离开。他担心这只鸟这样下去会冻死,变得硬邦邦的栽进雪里。那样可不好,他需要在鸟的身体还温热的时候就除去它美丽的羽毛,这样羽毛才够完好明丽,亦可以卖个难得的好价。于是他瞄准了枝头那只心事重重的鸟。

砰。那只鸟就从枝头落了下来,掉在松软的雪地里,血液迅速浸染了它身下那一大块的白色积雪。它的翅膀仍是张开的,要做一个抱住的合拢动作。可是却终是空空,那擎向天空的两片翅膀之间只有迂回来去的刺骨北风……

女孩之后再也寻不到这个一直在水塘边和她说话的男子。她来水塘边却再也没有等到他的出现。她猜想是她的那场哭泣令它失望并且离开了。她再次感到寂灭,可是仍旧不死心地天天来这里等待。她总是期望忽然有个声音从她的头顶传过来,她总是想象着那个男子已经悄悄来到这里,正悄悄俯身对她开口说话。

可是一直没有。她在空空的等待里变得越来越沉默和憔悴。越来越自闭和阴鸷。直到正月过年的时候,她一个人跑去祠堂拜祭,长久地跪在幽暗的祠堂地板上祈祷。她向死去的祖母和母亲求告,她说着不竭的思念,她多么想再次看到他。

供桌上插着散发出冷光的蜡烛。烛火照亮了桌子上供盘里那只羽毛已经被尽数拔光的鸟儿。

她祈祷完毕直起跪在地上的身子。外面的冷风呼呼地吹进来。她就在那一刻忽然又感到了他的气息。她感到他就在离她很近的地方。她惊喜地大声叫出来:

你在这里,你在这里,对不对?

红鞋

1

他冲着女人开了一枪,血汩汩地从她的额头涌出来。他停顿了几秒钟,确定了她的死亡。于是转身离开。忽然身后的地毯发出索索的声音。他握紧了枪,立刻回身,就看到了她。

四岁左右的小女孩,穿了一条浅枣子色的小连衣裙,露出像一截藕一样鲜嫩嫩的手臂。她学着鹅的样子,笨拙地从里面一间屋子走出来,嘴里还发着咯咯的笑声。脚上穿着她妈妈的红色鞋子,像是踩着两只小船在静谧的海面安闲地行走。她对于枪声好像没有丝毫恐惧,甚至连头都没有抬一下。她是那种特别沉溺于自己玩耍的小孩,亦很懂得自己动手为自己创造快乐。

她走了出来,面向着男人。他们的中间横亘着一架尸体。那头颅还在流血,皮肤却迅速降着温度。她应是看到了地上的女人,看到了她像是一根被抛弃的火柴一样,湮灭了最后一丝辉光。可是这女孩完全不像寻常小孩子那样,惊惧地看着,发出凄厉的尖叫,或者奔过去,抱住她倒地的妈妈失声痛哭。她应是看到了,包括男人和他那把还在冒烟的枪,可是她仍是做着自己的事,踩着大如船舶的鞋子,夸张地拱腰前行。她的每一步都很不安稳,几乎马上就会摔倒。她喜欢这刺激的活动,仍是咯咯地笑。

女孩看见他在看着自己,于是转过身子,笑嘻嘻地向着他走过来。她笑得是这样的没心没肺,只是兀自趿拉着鞋子,企鹅般地摇晃前行。他看清了她的脸。她和死去的女人很像。都有长而大的眼睛,额头很高。不过她还小,是圆圆的苹果脸,眉毛淡淡的,头发软沓沓地贴在脸上。她的裙子很旧,胸前沾满了奶粉和粥之类白色的污渍,因为跌倒而磨破的地方露着参差的线头,看得出,这位母亲照顾她亦不算妥帖。不过她对这些似乎并不介意,脸上没有一点小女孩因着孤单而显露出来的委屈。她笑得是这样畅怀,向着他走过来,她走到她那倒在血泊中的妈妈跟前,只是伸出一只脚,用力一跨,就越了过来。仿佛地上的不是她妈妈,只是一块挡住了去路的石头。

当他看到她跨过她妈妈的时候,心里忽然非常难受。作为杀手,他见过的血腥场面数不胜数,然而他却觉得,没有比这一幕更加残忍的:无知的女孩从她妈妈的身上跨了过去。他不能再看下去,那女孩仍向他走过来,笑得宛如灼艳的小花,对暴风骤雨毫不知情的蒙昧的小花。他叹了一口气,手颤抖了一下,对着女孩的腹部开了一枪。女孩正在咯噔咯噔地套着大鞋子走路,枪声响起后她静止了几秒,然后向后一仰倒在地上。两只鞋子飞离了双脚,像是忽然受了惊的鸟儿,登时冲上了天空。

两只鞋子掉下来的时候,重重地砸在女孩的身上。女孩的肚皮不断地涌出血,血迅速浸染了鞋子,红色鞋子变得有了生命般的活泼生动。

他舒了一口气,这场事,终于干完了。然后转身离开。

2

他再次回到这个城市的时候是六年之后。这六年里他仍是过着谋杀和逃亡的生活,虽然他早已厌倦,可是有些时候,延续从前的习惯是最好的生存之道。是的,杀人已经变为他的习惯,他亦习惯了蓦地响起的枪声以及遽然倒下的身体。他习惯那血和那濒死的人发出的呻吟。他对于生活并无任何渴慕和企盼,倘若不是这样接受任务,然后完成,那么更加会是彻绝的了无生趣。

他回来的目的自然仍是杀人。并且他当然不会失手。他很快完成了任务,虽然被人发现了,但是他飞快地奔跑,不久就甩掉了后面追逐的人。

他又跑了很长一段,到了这座城市的郊外,终于停下来休息。他大口地喘着气,环视四周,发现身后是一个铁栏杆圈着的大院子。里面有很多小孩子。小孩子们年龄参差不齐,穿的都是些破旧粗糙的衣服,脸上沾满污垢。他绕着这大院子外面的围栏走,然后就发现了牌子:孤儿院。他其实已然猜测到,对于这地方,他并不感到陌生。

他记得小时候在孤儿院的时光。他记得每年过年,他和那里所有的孩子都会十分难得地穿上一件新衣服,迎接来参观的人,他们要一直微笑,不断鞠躬,不断说谢谢,以此来博得那些人的同情和欢喜,让他们心甘情愿地拿出钱来。他记得那时候他亦是和其他所有孩子一样,装出楚楚可怜的样子,有时候这样便能换得一小块安慰的巧克力。然而他感到了羞耻。他还那么小,可是当他表演着微笑的时候,他感到了像浓烟一样滚滚袭来的羞耻。仿佛就是一只动物,被关在笼子里,供人们来参观。小小的他环视孤儿院的围墙,这就是困锁他们的铁笼,而他又看看周围的孩子,他们对于这种囚禁无知无觉,还会因着今天多吃了一颗糖果而十分满足。多么可悲。十三岁的一个夜晚,他翻越了孤儿院的低矮的围墙,来到了外面的世界。那个时候他是多么快乐,为了他终于抓在手中的自由。他感到自己终于可以不做一个被别人支配的人,甚或是动物。

也许是童年里有着这种被人支配和控制的恐惧,他对于可以支配和控制其他人有着无上的乐趣,尤其是当他可以对别人的生命进行控制的时候,他感到了前所未有的快感。

这是二十年后他再次来到孤儿院,并不是他儿时的那座,可是他看到了同样的情形,仿佛这数十年来从未变过:孤儿院的孩子们,脸上有着一种特殊的惶恐,他们会格外小心翼翼地走路,会格外轻声地讲话,会把仅有的糖果好好地攥在手心里或者放在最深的口袋里,怎么也舍不得吃掉。他的眼神一个一个地掠过那些孩子的脸,他们有着一致的麻木不仁的表情,眼神里没有丝毫辉光,偶尔发出难得的笑声是咔咔的,一点也不清脆。

就在他感到乏味并且想离开的时候,他又看到了她。他一开始并没有认出她来,毕竟六年未见,而小孩的成长又是那样地迅猛。她起先是蹲着的,穿着一件藏蓝色的大裙子,应该是比她大的孩子穿旧的,对于她明显是太大了一些。她那么瘦,宛如一根无依无靠的铅笔插在笔筒里一般地被圈在大裙子里面。她一心一意地蹲在那里观察一只翅膀受伤的麻雀。那麻雀大约是昨天下大雨的时候被打落的，支开爪子躺在雨后冰凉冰凉的泥土地上。女孩蹲着，用详细的目光看着它，带着一副科学家般认真的姿态。他的目光落在她的身上，因着她看起来很不同。在她的脸上，找不到孤儿院小孩的怯懦和委琐。她的脸蛋格外红扑扑的，眼睛时刻都瞪得很大，带着无所畏惧的坦然。她的身体格外灵活，即便是这样蹲着，亦像个隆隆作响的小机器一般左右摇晃。最让他震撼的是，她总是笑。他不知道为什么一只罹难的麻雀也能逗得她如此开心。她摇晃着小脑袋，嘴巴张着，仿佛在看一场精彩绝伦的马戏团表演。

他一直看着她，觉得这个陌生的女孩身上有一股蓬勃而神奇的生命力，令她像是疯长的野草般茂盛。他看到她伸出小手抓住了小麻雀的爪子。他以为她要抚慰这受伤的小动物，不料她忽然拎起小麻雀，站了起来，然后她伸出手臂，把那只麻雀用力一甩，它就嗖的一下飞上了天空。它甚至没有来得及发出一声惨烈的哀鸣，就已经越过了孤儿院的围墙，落在了外面的草丛里——离他站的位置并不遥远。女孩一直看着麻雀在天空划过一个半圆，眼睛跟随着它，直到它堕地。她显得兴奋极了，小脸上流淌着石榴红色光芒。

他定定地看着她。他看到了她脚上的鞋子，她脚上拖着一双红色的女鞋，对她来说过分地大，而且非常旧，暗沉的红色上面有着斑驳的纹路和一块一块磨浅的赤裸的皮色。像一张生满癣的悲苦交加的脸。

他的心中像是闪过了一道洁白的闪电。他再看那女孩，也许面容无法确认，可是她的神情和六年前那个闲然淡定地跨过她妈妈的尸体的女孩一般无异。是的。他想,这是她。她没有死。他忽然感到这女孩大抵和他有着无法割断的联系。那种联系像是一只在暗处伸出的手一般紧紧抓住了他。

他转身离开了。

傍晚的时候他再回来,手上拿着几大袋食物。巧克力,小曲奇,还有红豆馅饼。他以一个探望者的身份进入,和这群孩子见面。他把食物分给他们。他们果然像他记忆中小时候孤儿院里的小孩子们一样,受宠若惊地接过食物,紧紧地攥住,却不舍得吃。他走到了她的跟前。她的小手小脸都很脏,鞋子太大,小脚在里面来回晃,已经磨破了,又没有好好地治,流出脓汁。她却浑然不觉,只是笑,自己玩着自己的手指——任何东西都可以成为她的玩具,此刻她正一块一块地从自己的手指上撕下泛起的皮。那好像不是她自己的手指,她全然感觉不到疼痛般的。他走过来,她就仰起脸看着他。他把她的小手拿起来,把一块小曲奇放在她脏乎乎的手心里。她看了一眼,漫不经心的样子。然后她把曲奇送进嘴里。曲奇有点大,她没有急着咽下去,就这样咬着,一半还露在外面,她就继续低头去玩她的手指了。她也不再看他,仿佛和他很熟悉,是天天都要见到的人。他甚至疑惑她是否还记得他。

他忽然把女孩抱起来,举过头顶。女孩的鞋子因为太大,都掉了下去。她赤着的小脚,在空中乱蹬。大约是碰到了女孩的痒处,女孩咯咯地大笑起来,含着的曲奇饼从嘴里掉了出来,砸了他的头一下。女孩看到了,笑得更加开心了。她还伸出手,咚咚地砸着他的头。女孩的裙子在风里整个刮了起来,他可以看到女孩的身体。他看到她肚皮上有道半寸长的伤口,早已愈合。她的皮肤十分洁白,而伤疤亦一点也不难看,它呈一个非常完美的圆弧状,像是女人饱满的嘴唇,矜傲地微微上翘,又像是一根姿态优雅的羽毛一般栖伏在她的身上。他惊讶于它的美。他一生见过无数伤疤,却从来没有一个像她身上的这伤疤一样美好。他感到这是一件艺术品,而他正是这艺术品的创作者。

他把她举过头顶,她咚咚地敲着他的头,他半月前刚剔光了头发,现在只是长出短短的头发茬,敲上去格外地响。她非常欢喜这样的声音,所以不止地大笑。他抓着她的腰转起来,一圈一圈的,裙子像是雨天的伞,腾的一下撑开了,他不动声色地欣赏着那个伤疤。终于他腾出一只手,一直伸上去,触碰到了那块伤疤。它像是剔透的雨花石一般光滑,却有着海中软体动物般轻轻起伏的感觉。

他闭上了眼睛。他感到了生活的光。光,就从那个冷生生的子弹繁衍出的温暖伤口上溢出来。忽然间,他竟是如此感动。

很久之后,他才放下女孩。他帮她把她的小脚重新放进那双大鞋子里——他看着那鞋子,鞋子上斑驳的应当是曾经留下的血迹。女孩很喜欢这鞋子,它是她多年来一成不变的心爱玩具。

他决定带她走。

那个夜晚,他领着她走了。他又带着她翻了一次墙,他又带着她要求了一次自由。整个过程里,他获得了前所未有的好心情。他仿佛回到了他的十三岁。他轻巧地一跃而过,就翻过了那铁栏杆的围墙。而她就伏在他的背上,非常地乖。他翻过的时候,她以为自己飞了起来,于是又开始了欢愉的笑。生活对于她,像是一场又一场的游戏,总能令她兴奋不已。

她没有任何行李,除了脚上的红鞋。

3

他带她坐火车离开了那个城市。她脚上的鞋子太大,根本无法便利地走路,他就把红鞋收起来,然后把她背在肩上。一路上她一直在他的肩膀上生活,她非常习惯,于是变得怎么都不肯下来。他给她买了樱桃吃,她就把樱桃核顺着他的脖子吐进他的衣服里。她有点感冒了,小鼻子不断淌出鼻涕来,她就把鼻涕抹在他的背上。

他从那时就应当意识到,他太宠溺她了。他路过卖气球的,就给她买气球,她接过去的时候亦是欢喜,可是拿着玩一会儿,就放它飞走了。他看到卖棉花糖的,亦买给她,她吃得却不怎么尽心,弄得他整个背上都是。一路上,他还给她买了风车,买了甘蔗,买了一串一串的铃兰花。她都喜欢,都欢喜地接过去。可是把玩片刻就扔掉了。她似乎对这些东西都只有冷淡的欢喜,总也长不了。

他带着她来到一个陌生的小镇。因为他们坐了很久的火车,停靠在这个小镇的时候已是黄昏。他把头从火车里探出来。小镇的天显得特别高,初秋的叶子挂在树上,透出微微的橘红色,和傍晚时分天空中浮游的云霞纠缠在了一起,让这里看起来充满了母性慈爱包容的光辉。炊烟从附近低矮的楼群中升起来,带着南方特有的米香。他凝神地看着,而她忽然从他的背上跳下来,然后从他身前钻出来,亦把头探向窗外,看着,眨着眼睛。

他于是领着她下了火车。他们走进漫天的云霞里,小镇的音响店里放着粗犷的男声情歌,火辣辣的。这里的生活一定是很带劲的。

他没有再和她提起小时候的事情。她亦是奇怪的孩子,有着非常神奇的康复能力,就好像那块长在她肚皮上的伤疤一样。小时候的事情对她的成长似乎没有任何影响,她就像完全没有旁枝的小树苗一般地只是兀自生长,摈弃了所有阻悖她的。他有时想起她妈妈那倒在血泊里的脸,亦感到恻然。不过他转而安慰自己说,事实上他不过是一支用来行凶的枪,而她的母亲死于情杀。

他就是在去杀她的母亲的时候,才见到这女人第一面,虽然他之前亦听说过她,因她是有名的女画家。这位姿态优雅的女画家是上流社会的交际花,整日纠缠于豪门贵族的男子之间,生性风流是出了名的。人们传说她的女儿亦是来自于"意外事故",没有人知道她的父亲是谁。不过好在这女孩并没有妨碍她的妈妈重返交际圈,她仍是那么地让男人着迷,男人为着她争风吃醋的事情时有发生。她生前最后一个情人是一个著名的作家,她对他似乎是动了真情,两个人迅速陷入了情网,在各种公众场合出双入对。男人亦是常常来女画家这里过夜。男作家的妻子终于不堪忍受了。可是她在家相夫教子多年,孩子亦已长大,她再无凭借可以与那风姿绰约的女画家相抗衡。唯有男人自己回心转意。于是她找来了杀手。她给他丰厚的钱,要他去杀死女画家,当然,他会保守一切秘密,这是他的职业准则。

于是他来到她家,并杀死了她。不过遇见她的小女儿是计划之外的事情,而给她小女儿一枪则又是他职业准则之内的事,可是她奇迹般的没死却是意料之外的事情,更意外的是他再次见到了她,于是他又做了一件计划之外的事情,带着她走了。

他们在小镇落户,他买了舒服的房子,给她布置了一间华丽的小房间。她酷爱红色,他就给她买了玫红色的小床和洋红色的布沙发,配上深红色的落地灯,还有落叶红色的地毯。他把那双鞋子擦好,细心地涂好颜色,它又像新的那么红艳了。他把它放在她房间的陈列柜里,她常常拿出来把玩。

他从来都不懂怎么照顾一个小孩子,甚至连一个可以请教的亲戚都没有。不过好在他们的新家隔壁亦住着一位母亲。她家有个十一岁的儿子。她站在走廊里,看着他买了大件的家具搬回来,就和善地冲着他笑笑:你一个男人带着女儿可真是不容易啊。男人有点不好意思地笑了。以后这家的女人做了好吃的东西,就总是给男人和女孩送来一点。她很是喜欢这女孩,因着十岁的女孩已经长得楚楚动人。由于生活稳定下来,男人又格外宠溺她,生怕她吃不饱,总是给她买些昂贵而营养富足的食物,所以女孩比从前胖了一点,脸颊更加红润。她的令人喜欢,还在于她对人总是一副漫不经心的散落样子。隔壁的女人给她拿来糕点,她只是塞进嘴里,从不道谢,亦不看女人一眼。可是似乎没有人觉得她这样有什么不对,仿佛在她的身上,有一种与生俱来的高贵气质,使人们感到她怎么傲慢都是不过分的。

男人送女孩去上学,女孩一点也不喜欢学校。她常常上着课就走出教室,站在正午浓烈的阳光下观察旁边大树上的鸟巢。她可以一直这样仰着头看着,很着迷。她于是决定爬上树去。她很擅长爬树,细长的手臂和腿非常灵活,好像是一只本来就属于森林的小松鼠。她爬上树去只是为了把那鸟巢里的蛋拿下来,她把蛋放在手里,仔细端详一会儿,然后就把它抛向空中,那正蜷缩在蛋壳里,一心一意等待降生的小生命就这样变成了一摊稀烂的蛋浆。她当然又会露出满足而畅怀的笑容。

男人把她从学校领回家。他有些不知道拿她如何是好。可是又忍不住宠溺她。他带她上街的时候,有贵妇牵着小狗从身边走过,她一直看着那只小狗,男人觉得,她可能喜欢小狗,也许给她买只小狗可以让她懂得怎么照顾小动物,多一些关怀的爱心。于是男人给女孩买了一只毛色纯正的腊肠狗。小狗很小,生着一双杏核眼,蕴着一层薄薄的水,很让人生怜。男人又给小狗买了竹编的小窝,买了狗链和洗澡用具,然后他把这些都交到女孩的手中:

小狗现在是你的了,你要好好照顾它。

女孩起先和小狗还算和睦,她喜欢牵着链子带它上街。可是后来她开始和它打架,把它当作自己的敌人。男人发现女孩的嘴角有被抓破的痕迹,而小狗的耳朵亦不断地流血。男人说:

你要好好待它,它会懂得,自然会和你做朋友。

女孩却也没有因为被小狗抓伤而伤心或者愤怒。她十分喜欢这个新敌人,她喜欢和它作战,把它逗得愤怒得全身的毛都竖起来,发出自卫的哀叫。

在不久之后的一天,男人发现小狗死了。死在它的小窝里面,身子直挺挺的,小爪子向上翻起来。男人蹲下来看,发现在它的前额上有一枚深深嵌进去的钉子。血从伤口涌出来,宛如一朵开在它头顶的芍药花。男人心中凛然,他开始觉得,这女孩像是上帝对他的一种惩罚,要让他亦感到内心恐惧——他一直以为做杀手那么多年,自己早已不知道什么是害怕。他抱着小狗的尸体走到女孩面前,女孩没有丝毫抱歉,她安然地看着它,也许心中有的只是略微的遗憾,这个最棒的敌人终于离开了她。

隔壁女人家的儿子有点呆滞,可是人却很好,并且十分喜欢女孩。男人便让他带女孩上学去,再和女孩一起回来。女孩总是把书包让他帮忙背着,自己一个人在前面悠悠荡荡地走。男人在阳台上看到,感觉到女孩长大了肯定和她妈妈一样,是个让男人们牵肠挂肚的妖精。可是他想到这里竟感到心里酸酸的,他不想有哪个男子把她带走,他想到那男人将抚摸她的身体,粗拙的手从她的身体上掠过,亦会经过那道伤疤。他觉得那伤疤是女孩特有的,吸聚了她身上所有奇特而诡异的气质。而那是他给她的,他给她那个伤疤宛如给了她再一次的生命。他希望女孩像一件珍宝,像一件艺术品一样被他珍藏着,他不会让任何人碰她。

女孩读初中了,十分迷恋恐怖电影。他常常买了碟片,和女孩一起观看。他和女孩并排坐在沙发上,他能感到女孩看得聚精会神。女孩不像那些寻常的小姑娘,她看恐怖片从不会感到害怕,亦不会尖叫。她只是看着,看到十分血腥或者惊惧的镜头,还会露出一副心满意足的表情。这让男人有点怅惘,男人也许更加希望女孩可以如寻常女孩那般,那么当她看到害怕的地方,她就会钻到他的怀里了——他一直没有抱过她,因着他从来都是不懂得向别人索取的人,在他的心里,人与人之间是彼此独立并且毫不相欠的,他从未指望过谁会给予他什么,帮助他什么,而他亦没有想过要帮助别人什么。可是对女孩除外,他对女孩的给予是一种根本无法控制的情感,他对此亦感到困惑。总之,他不会向女孩要求什么,哪怕他心中有所企盼。

那日他们看了一部电影,女人和一只大狗寂寞地住在非常大的院子里。女人十分宠爱大狗,可是不喜欢它的牙齿,女人就用冰塞在狗的嘴里,直到狗的口腔变得没有痛觉。然后她用钳子把狗的牙齿一颗一颗地拔下来。狗张着血淋淋的嘴,女人却很开心,她亲吻了狗,狗的嘴里只有肉泥般柔软的舌头,多么好。

女孩看这段看得格外认真,她的眼睛圆睁着,像是进入了一片从未到达的洞天。她那么尽心地看着,仿佛在进行一场观摩学习。

没过几天,女孩就做了这场观摩学习的练习。那天女孩比平时晚回来一些,但是并无异常。她照旧吃饭,看电视节目,听乱哄哄的音乐。忽然男人听到有人砸门,还有女人发出的哭号。他开门一看,是住在隔壁的那个女人。那个女人已经哭得满脸是泪,她见了男人就大喊:

你的女儿她是人吗?她是不是人啊,还是妖精?

女人的身后站着她钝滞的儿子。男人看到那男孩满嘴都是血,还有淡色的组织液,黏稠地混在一起,像是个不断涌出臭水的阴沟。他张大了嘴,男人看到,他嘴里一颗牙齿也没有了,空洞洞的口腔和前些天他们在电视里看到的那只狗一模一样。

4

男人给了隔壁的女人一大笔钱,然后带着女孩搬走了。他们一共在小镇上住了三年,现在又上了火车。男人把屋子里的多数东西都送给了那位心灵受到严重创伤的母亲,不过他还是给她带上了红鞋。

在火车上,他们面对面坐着,徐徐的颠簸状态让她宛如一片小小而顽皮的云彩,在他的眼前悠悠地飘拂。他看着她,他很久都没有这样正对着她,看着她。而她现在已经十三岁,他在她的床头看到过卫生巾的袋子,他知道她已经来潮,是个大姑娘了。并且她和她死去的母亲越来越像了。她生着饱满的额头和脸颊,下巴却是尖尖的,是非常媚人的一类长相。眼睛是长而大的,瞳仁格外明亮,而她的嘴唇略厚,尤其是上嘴唇,像是两片依偎在一起的花瓣,妩媚动人。她喜欢把头发分成两半,束起来,挽在头顶,像是十八世纪的法国公主——这是她从电视里学来的,她已经很懂得如何让自己更加动人。而挽起头发恰恰露出了她的锁骨。她的锁骨十分凸出,如果她耸一耸身子,锁骨的位置就会形成两个凹陷的长圆形小碗,洁白如莲花瓣的形状。她仍是瘦,手脚都细长,尤其是手指,他猜想也许是遗传了她母亲的艺术天分,天生有一双用来作画的手。他的目光又落在她的脚上。她的脚天生格外细长,透露了她注定的好身段,这样的人是一生都不会胖起来的。她已经不再穿着她妈妈的那双红鞋,可是仍旧喜欢着红色鞋子,他亦看到红色鞋子就买给她。所以她已经有很多双红色鞋子,小方口的,系着纤细的红色小丝带的,绣着波斯菊的,镂空梅花的,嵌着星星点点的小碎钻的。她格外喜欢夏天,她可以赤脚穿着红鞋,随时脱下来,把小脚放在阳光下晒一晒。

他看着她,不动声色地看着她。他努力不泄露自己对她的迷恋,然而这却是一件越来越难的事情。他终于问她：

为什么拔光人家的牙齿？

他要亲我,我就说,让我拔光你的牙齿我就让你亲我。他是自己甘愿的。她说完,对着他抿嘴一笑,坦然而又无辜。

他说,你可知道我是做什么的？我是个杀手。

女孩点点头,一点也不惊奇：我知道你是杀手,我摸过你的枪。它很棒。

他们第一次说到这些。之前男人从未对女孩提起过自己的职业。事实上三年里他一次也没有离开过小镇,对于找上门付他酬劳要他去杀人的,他亦一概推辞掉。他原本觉得不再需要那么多的钱,而他更为担心的是,逃亡的生活会给女孩带来危险。他只是希望好好地把女孩像珍宝一样看护好。

他和女孩相处的这三年,获得了前所未有的恬淡。他买下的房子有个小园子,他便在里面种些花和蔬菜。每日清早,女孩去上学之后,他就穿上靴子和简单的粗布衣服,挽起袖子在园子里忙碌。然后给女孩准备午餐。他从未想到自己会做饭,过去他只是匆促地穿街而过,给自己买一块热乎乎的烤红薯或者一根油渍渍的烤香肠。有时候刚拿到一笔钱,他也会去最高级的餐馆吃一顿格外好的饭,算是犒劳自己。那个时候他一个人坐在铺着绚烂的桌布的餐桌旁边,面前是一大桌精致的饭菜。每每那样的时刻,他都会遭受一种难挨的寂寞的侵袭,也唯有在那个时刻,他会忽然感到希望有人来和他分享。可是在这三年里,他居然让自己平和耐心地在厨房里研究一条鱼的做法。这样的变化,有时候他自己想到亦觉得心惊,如果不是这女孩有深深抓住他、令他深陷的法力,那么又是什么。

他不知道为什么就在他们坐在火车上这个看似平静的时刻,他忽然告诉她自己的身份。他猜测可能是因为他已经渐渐感到这女孩已经太多太多地牵制着他,女孩的力量在以一种无法估测的速度迅速膨胀。而他觉得他就要不能控制她,事实上,他从未控制她,他一直在妥协,在宠溺她。所以他蓦地觉得,也许在女孩心里,他只是个十分龌龊的中年男人的形象,这令他懊恼不已。于是他决定告诉她他的身份。

可是女孩是这样的冷淡和镇定。他开始怀疑她一直记得四岁的事。这让他有些不安。他一时失措地问:

你还知道些什么?

女孩也不看他,她把鞋子蹬掉,把两只露在裙子里的腿都拿到座椅上来,笑吟吟地说:你来孤儿院接我,还一直留着我妈妈的红鞋,你是不是我妈妈的情人?或者你根本就是我爸爸也不一定。女孩大概觉得这是一件十分有趣的事,她狡黠地耸了耸肩。

男人愣了一下。他从女孩脸上散漫的表情可以推知,她应该的确不记得从前的事。于是他痛苦地摇摇头:

我不是。不是你父亲,也不是你妈妈的情人。

女孩感到男人有些不安,可是她仍是看也不看他一眼,只是微微一笑:

你不必慌张,这些我一点也不关心。

男人看着女孩,女孩已经把脸看到窗外去了。她的冷寂和漫不经心总是一次一次刺伤男人。男人忽然想对着她大吼,是我杀了你妈妈,你看着我!你看着我!他宁可女孩痛恨他,来打他要杀他,也不要女孩用这样一副漫不经心的态度对待他,这是一种最最冷漠的忽略,这是最最绝情的否定。

男人恐慌极了。因着他忽然发现女孩已经长大,那么大,他和她已经相处了三年,却似乎丝毫没有把他的付出融入她的生命里,她像是先天失聪的人,完全不能接受他传递的信息。然而残酷的是,他仍要天天面对她,并且他已经不再是从前那个凌厉的杀手,他已经因着她,沦为一个庸碌无用的男人,做饭,照顾她的生活。

他的确想大声喊出来:是我杀了你妈妈,你看着我!你看着我!然而他还是控制住了自己。火车还在疾驰,大片大片的风从窗外飞进来,他坐定,慢慢让那些郁结在心中的愤懑和怨悔一点点散去。

火车中途停在了一座城市。女孩看到隐没在树木后面的摩天轮在天空中挂着,白色的骨架还有花花绿绿的小圆屋子。孤儿院和她前几年住的小镇上都没有摩天轮,她也只是在电视上看到过。所以她好奇地看着,又是她那富有研究性的眼神。她甚至还看到了一只热气球在缓缓地升天,上面还有几个雀跃的小脑袋。她只是看着,不说话,亦不会向他提出什么要求。但是他早已懂得阅读她脸上的表情,他知道她对这城市有渴望,她希望融入,可是她不会说,她永远是这副可恨的漫不经心的样子。他终是不能让她心中有半点遗憾的,于是他带着她下了火车,他们到了这座繁华的城市。

应接不暇的新玩意儿。他带着她去游乐园坐摩天轮,过山车,以及疯狂老鼠。她不像那些娇怯的女孩,她不会发出尖叫,只任凭她的身子被那些呼啸着的大型玩具正过来翻过去。他看得出,她喜欢这些,她喜欢一切刺激的东西。

男人决定和女孩在这座城市留下来。

这是个昂贵的城市,到处充满了物质的气息。金钱交易像苍蝇一般在每个角落滋生。男人并不喜欢,可是女孩喜欢,所以他决定留下来。几年没有工作,他平日和女孩的生活亦是奢侈,加之作为补偿,给了隔壁女人大笔的钱,现在他已经没有太多的钱。他只是租下了一套还算舒服的房子,买了简单的家具。生活一如他们从前在小镇上那般地继续着,他给女孩选了一所女校,希望她尽少地和男子接触。他每天骑着一辆摩托车送女孩去上学,然后拐弯到菜市场去买当日新鲜的蔬菜。女孩喜欢吃活鱼煮的白汤,所以他常常跟卖家订一条刚从河边运过来的活鲫鱼。然后他接女孩放学。他喜欢这上学和放学的一来一回。因为在摩托车上,女孩会抱着他的腰。女孩的手小小的,放在他身上,像是两朵吸在他身上的小海星。这城市临海,他们沿着海边的日落大道回家。海风吹起他的衣袂和她的头发。他和她一路上都不说一句话,有时候天气炎热,他半途停下来,给女孩买一支小花脸的雪糕,然后他就启动马达继续前进。女孩仍旧和小时候一样,吃东西很不安分。他回家脱下衣服来,看到汗衫上沾满了冰淇淋的糖浆。可是他心中却感温切,像是又回到了几年前,女孩的小时候。

他们住的房子有两间,他和女孩各居一间。可是两间房子是并排的,中间隔着一扇大窗户。虽然有窗帘,不过他选的窗帘十分单薄,几乎是透明的纱絮。他可以透过窗帘看到女孩,每个夜晚吃罢晚饭,女孩就回房去了。他亦回到他的房间。他打开电视,坐在沙发上,却心绪不宁地总是去看那扇窗户,他可以看到女孩换衣服,喝水,照镜子,跟着唱片跳舞。那窗户对于他的吸引力显然远远超过了电视,他在不察觉间已经变得专注地看着那扇窗子。他觉得自己亦不是贪恋美色的人,相反的,他一度认为自己根本是不需要女人的。他觉得她们流俗,是些嫌贫爱富的下贱动物。他的身体对女人亦没有欲望,这也许和他杀过很多女人有关,他潜入女人的卧室,把女人杀死在浴缸里或者床上。女人的身体也许还是赤裸的,但是在他离开的时候,女人一定是倒在血泊中的,血液的流失改变着女人的形态,他觉得,她们倒在那里,身体就像一块皱巴巴的抹布一样,拧满了皱褶。他脑中女人的形象永远都定格在那一刻。那和美无关,亦和欲望无关。

然而这女孩,他却甘愿一眼也不错过地看着。他喜欢她换衣服时伸起胳膊,露出小腹上那道伤疤的样子,宛如一只蚌正在缓缓地打开,呈现出它中间的那颗璀璨夺目的珍珠。可是他亦喜欢她拿起大玻璃杯喝水,抓起自己的一绺头发把玩的动作,他喜欢她十分自恋地对着大梳妆镜审视自己,他亦喜欢她有点小感冒,忽然打了个喷嚏,然后不经意地伸出手揉一揉鼻子。他喜欢她的一切动作,这显然超越了对一个女人的爱慕和迷恋,她是他的小工艺品,是他的无价之宝。

女孩对于男人的目光一定是有所察觉的。可是这目光对于她似乎是透明的,她一点亦不介意。她房间的门从来也不关,她在他的目光下脱衣服,抹润体露,试胸衣,涂指甲油。而那扇窗户她全然当作不存在,窗帘有时也不拉上,甚至有时窗户亦打开,男人就能闻到冲鼻的香水混杂着指甲油的味道。有时候她洗澡，忘记带换洗的衣服进去，裸身就从洗手间冲出来。她就是这样的无所谓。

每个早晨，男人醒来，他透过大窗户看，女孩还睡着，他看她一会儿，然后拿起烟走到阳台上去。有时候他也会拿起他的枪来抚摸，可是他竟然开始觉得它沉重并且冷冰冰。他竟然嫌弃它了，这跟随了他数十年的伙伴。他放下它，透过清晨薄薄的雾对着缓缓露出脸的太阳发愣。他觉得自己其实对生活已经没有再多的要求，只是这样安和地和女孩过着，像个毫无特长，趣味索然的中年男子一般，他亦是甘愿的。

5

女孩过十五岁生日。他带女孩去最大的商场，让她随便选礼物。女孩看上了一架小型却功能俱全的相机。他于是买给她。她很开心，一路上喀嚓喀嚓地乱照。她也对着他照，他蹙了一下眉，头一偏，躲开了。他严肃地说：

我从来不拍照的，除非我被警察抓住，必须拍留案的照片。

女孩耸耸肩，吐吐舌头，转而去拍别的东西了。

女孩从此迷上了拍照。她随时把小照相机带在身上，到处喀嚓喀嚓地按快门。她拍的东西亦都像她的人一样与众不同。她似乎对于表现生活中的美毫无兴趣。只是喜欢那些骇人的，悚然的东西。有时候男人看到那些照片，很奇怪她是如何找来这些素材的。瘸腿的狗，身上勒满了白色的尼龙绳子，四脚朝天；一只青蛙被漆成了鲜红色，蹲在一片荷叶上，一动不动不知死活；一个满头长满瘤子的丑陋老妇,心满意足地大口吃着一只腐烂透了的苹果……女孩非常迷恋她自己的杰作,把它们一张一张贴在自己房间的墙上,她的床头,写字台前。

她开始不让男人送她上学去。她说她要在路途中拍照。男人从来就不会勉强她,于是就同意她自己去,自己回来。她回来的时间越来越晚。男人亦克制着不问她,只是默默地观察着她。她已学会自己洗照片,每个晚上都会把白天照的底片拿出来摆弄半天。男人就这么看着她墙上的照片多起来。

终于有一天,男人在照片上看到了陌生男子的裸体。他身体像是被狠狠地刺了一下。他掉身离开,心中却带着极大的怨怒。

晚饭时间,他们都闷头吃饭,不说话,可是看起来都有话要对彼此说。最终还是女孩开口说:

我想要个新相机,最好的那种。

这是女孩第一次开口向男人索要什么。这是她第一次向男人提出要求。在此之前她一直是一副对一切都感到无所谓的态度。所以男人应该感到很开心,因为女孩终于对他有所要求,而他对于女孩,并不是毫无用处的。所以他理应答应女孩。可是时间不对,这个时间他的心里正十分难受。他觉得这照相机像是一个有魔法的盒子,从它里面放出了可怕的邪恶的魔鬼,而女孩被这魔鬼诱惑了,她越来越走向一条背离他的道路,他根本无法抓住她。所以他说:

你不是已经有一个了吗?并且你对它已经过分着迷了,你不觉得吗?

女孩愣了一下,冷冷地一笑。女孩一定没有想到男人会拒绝她的要求。她被宠溺惯了,什么都不用开口就可以得到。她以为自己一旦开口,更是什么都可以得到。可是男人却拒绝了她。她并没有继续央求,她再也不说话。男人忽然有点懊悔,他觉得他不应该拒绝她的,他怎么能拒绝她呢。可是这个时候女孩已经站了起来,离开了桌子。他们一个晚上都没有再说一句话,不过女孩看起来亦没有什么反常,她仍是洗她的照片,晾起来,洗澡等等。

第二日女孩照常去上学。男人一直看着她在自己的身前走来走去,却不知道该说什么。第二天晚上女孩没有回家。男人从晚饭时间开始等,终于等到了不耐的时刻,于是他出去寻她。可是他完全不认识她平日里结交的朋友,他去了空荡荡的学校,却一个人也看不到了。他只好沿着她放学回家的路漫无目的地找。他找了海边,找了附近卖照相器材的商店,找了超级市场、便利店、饭馆……可是都不能找到她。所有的商店都关门了,他黯然地回到家中。这是她第一次夜不归宿,他不断地埋怨自己,如果自己同意了她的要求,那么就一定不会这样。他从没有这样后悔。

他一夜未睡,坐在客厅里,听着外面的动静。他希望忽然间有她上楼的脚步,然后是她旋开门的声音。可是已经是午夜,整幢楼里都是死寂的一片。

他一直这样坐了一夜。

第二天天亮了她仍未回来。他又开始出门寻她。他去了学校找她,得知她已经两天没去了。他更加焦灼,询问同学。似乎女孩平日里和同班同学的关系都十分寡淡,没有人知道她的去向。他在中午的时候返回家。他拧开门的时候,发现门已经打开了,他连忙进去,——她已经在家了。

他走到她的面前。她正在吃一碟昨天剩下的冷饭,大口大口地把已经干掉的米粒送进嘴里。他忽然那么心疼,他猜测她应该两天都没有吃东西了,只是为了和自己怄气。他走去厨房,很快地炒了一碟碎玉米,做了一个鱼汤端出来。他把这些端到她的面前,她看见了就立刻吃起来,看起来是饿坏了。她不解释什么。他亦不问。他心中已觉得宽慰,只要她回来,他觉得已是足够。她一个人喝光了所有的鱼汤,吃下了整碟玉米。然后她回房间去了。

他仍能够从大窗户里看到她。他惊讶地发现,她正从书包里掏出来的东西,是一个很大个头的照相机,他没有见过,不是从前的那一个。他惊了一下,冲到她的房间:

你哪里来的这相机?

别人送的。

不能凭白要别人的东西。男人厉色地说。

不是凭白。我们做了交换。女孩立刻反驳道。

你拿什么换?男人反问道。

我陪了他一天一夜。女孩回答,亦是淡定坦然。

你陪他做什么?男人愤怒了,吼道。

做爱。女孩毫无羞耻的颜色。

男人终于听到了这样一个答案。这也许是他最害怕的事情。害怕到他想也不去想。他总是回避这样的想法,因着担心自己首先受到伤害。可是却仍旧发生了。他的小艺术品,他的宝贝。他心中有着慢慢裂开的沟壑,他心碎地低声说:

你怎么这么贱？就值一个相机的钱吗？

女孩嘴角提了一下，慢悠悠地说：

你不是也一样吗？你从前做那些交易的时候，可能还不值一个相机的钱呢。这没有什么可耻的，劳动所得，不是吗？

男人一时无话。他看着她，这不是一个十五岁的女孩。他也许搞错了。他从领起她的手带着她走的那一刻起可能就错了。她其实是他的一面镜子。他在她这里看到了自己。这也许就是为什么他第一眼见到她，就感到一种十分劲猛刺眼的光。因为她是他的镜子，她反射了他身上所有锋利的、尖锐的东西。

男人终于感到，自己一直怜惜这女孩其实是可怜他自己。他的冷血有时候让自己感到虚空，他无法和自己对话，和自己交流，因为他是个刀枪不入的怪物。他找到了她，把她领进了自己的生活，这其实是找到了另外一个和他一样完全没有温度的人和自己对峙。他们就像两面墙壁一样，这样冷森森地面对面耸立着，他可以通过她听到自己的回音。所以注定他无法进入她，无法伤害到她半分，因为她会把他施与的伤害都反回来。

他痛苦地摇摇头。他的女孩还站在他面前，她站得松松垮垮，重心都在一只脚上，整个身体是斜着的。这女孩自小就是孤儿，没有父母亲教给她应该如何站。她就像放任的野草，肆意地疯长，毫无规则界定。不知道该如何做一个寻常女孩，这和他一样。可是他以为他可以给她很多东西，令她看起来像个正常女孩。眼下看来，他还是失败了。

他带着严重的挫败感回到自己的房间，关上门。可是当他听到她在隔壁的房间唱歌,他仍是无法做到不去看她。他看到她在一边唱歌一边摆弄她的新相机。她用它给自己拍照,不断地对着相机做出各种妩媚的姿态。撅起嘴,弄乱头发,瞪圆眼睛,然后她拿出了她柜子里的红鞋。那么多的红鞋。她把它们都放在地板上,排起来,像是一只一只捕获的鱼要放在炽烈的阳光下晾干。她开始给它们拍照,然后穿上它们,给自己的脚拍照。她的表情很欢喜,不断地从那些鞋子之间跳来跳去。

男人倒头睡去,把自己蒙在被子里,她的歌声仍在,像是一种魅惑的歌剧背景,根本无法消去。

6

男人醒来的时候女孩已经不见了。他推门走进女孩的房间。地板上仍是堆满了鞋子,各种红色的鞋子,看过去像是一块令人眩晕的烟霞,迫近而来,令人窒息。房间里的一切都好像从前那样,除了女孩不在了,还有她妈妈的红鞋。她带着它走了。男人环视,看到写字台上有小纸条的留言。他拿起来读:

我去远一些的地方拍照了。我会告诉你我去了哪里,你来找我。

男人其实已经想到,女孩终是要离开。她就像他喂养的鸟儿,终于振翅飞翔。可是令他感到怅惘的是,她对他说,我会告诉你我去了哪里,你来找我。

你来找我,她说。这句话足以令他无限感动和企止。这至少令他相信鸟儿还是他的,只是出去玩耍,总还是要回来的。

男人叼上一根烟,坐在阳台上看早晨的太阳。他忽然像是被掏空了,他不需要给女孩准备早餐,不需要去买鱼和蔬菜。他也不会再透过大玻璃看到她,看到她换衣服,露出她那迷人的羽毛状伤疤。

接下来的时间,男人进入死寂般的等待。这等待就像一种冬眠。他觉得自己渐渐超越了寻常人间的生活,他几乎不出门,不见任何人。每天只是喝一些生水,煮家里储备的米吃,然后就是睡眠。他有着长长的睡眠,总是不断从一段睡眠跌入另一段睡眠。他开始觉得这是一种不好的预兆。因为梦里总是女孩小时候的模样,她摇摇摆摆地冲着他走过来,穿着她妈妈的大鞋子。她冲着他笑,那是她最初的样子,像个微缩的精灵,瘦小的身体里包藏着一些无法参透的玄机。她似乎对于未来要发生的一切都很明了,有着那样的通透。又似乎什么亦不知道,只是这样对他逼近。他在梦里看着她,直至泪水涌出。

女孩寄回第一封信是半个月后,邮差笃笃地叩响了他家的门,看到一个满脸胡子茬的男人露出一只藏在蓬乱的头发里的忧郁的眼睛。他像是拿到了失而复得的无价之宝一样地从邮差手里接过信。他脸色苍白,手指还在颤抖,紧紧紧紧地抓住了那封信。

果然来自女孩。

女孩说,我被人绑架了,不过很平安。你带十万块钱来找我。我也不知道我在哪里,不过我照了照片,相信你能找到。

照片上是女孩带走的那双红鞋,红鞋挂在一棵夹竹桃的枝子上,背景是大片微冷的紫红色的夹竹桃,非常繁盛。那种颜色他有些记忆,是女孩常常用来涂在指甲上的颜色,这样的红色比大红色要阴翳,比紫色又温媚。她十分偏爱,喜欢把手脚上的指甲都涂成这样的颜色。

他抓着那张照片。那是他唯一的凭借。

女孩的来信把紧紧板结在他身上的冬天的冰完全撬碎了。他的冬眠结束。并且,他开始忙碌起来。他现在需要钱。他还需要找到那个满是夹竹桃的地方。在一个新的清晨到来的时候,他猛然拉开那个已经开始结蜘蛛网的抽屉。哗啦。那把枪在里面发出金属滑动的声音,它似乎已经在那里等候多时。他拿起它。它慢慢地变得温热起来,因着吸纳了他的体温。

他常常想,杀手之所以无情是因为杀手需要驯养他的枪,把自己的一部分血热传给了枪,这是他必须交付的。

他重新回到他的杀手公司。戴着墨镜的老板仍旧坐在豪华的沙发椅上,幽暗的房间里仍旧恭恭敬敬地供着神台。可是无法改变的事实是,杀手已经老了,他在这里看到了许多替代他的少年。他们都如他的当年一般壮实神勇。然而他需要钱,他恳请得到一个重大的任务。他玩了几下枪,让那些人相信他仍是百发百中的杀手。

他最终还是获得了一个任务,于是他把自己关起来,开始练枪。与此同时他买了这座城市及其周边地方的地图,开始寻找那片夹竹桃林。他握枪的时候心中总有杂念,这很糟糕,他的手不断发抖。因为他惦念了她,他频繁地想起,她此刻是不是还好。她是不是有饭吃,她是不是可以睡在温暖的房间里,她可以如从前般地自由,为所欲为,她是不是跟其他男人在一起,她和他是不是此刻正在床上睡觉。他最终还是会回到这个问题上,而这个问题一再伤害到他。他努力地集中精力,射击,那震落树叶的声音竟然开始令他自己发抖。

他最终还是杀了他要杀的人。只有他自己清楚,这一次比从前任何一次都要艰难。不过这些于他是可以忽略不计的,最终他拿到了钱,这就足够了,不是吗。他握着钱,抓上地图去找照片上的地方。

男人打听到附近有个出名的山谷。山谷以漫山遍野的花朵及险峻的地形闻名。那里有大片夹竹桃,最重要的是。于是男人前往。

7

男人找到女孩的时候,女孩正在一个小花园里晒夹竹桃。她手里捧着很多很多的花瓣,放在一个石臼里面,然后捣碎它们。他在花园外面透过栅栏看她,她穿了一件他没见过的堇色无袖长裙,裙子是纱制,半透明质地,下摆镶着细碎的小贝壳。她的纤细的手臂从裙子中伸出来,用力地捣着花瓣。头发分别从两侧垂下来,随着她每个动作轻轻摇动。这一刻她看起来是十分恬淡的,他竟然有些不认识她了。就像她被驯服了,变得温顺如寻常居家的女子。他不唤她,只是看着她。她又拿起一只玻璃喷洒,把里面的清水混入石臼里,然后搅匀。男人以为她要染指甲,可是发现她走进了一扇门,再出来的时候,手里抱着一只猫。白色的猫又被她五花大绑起来,身上缠满了麻绳。他注意到猫的嘴是张着的,似乎已经不能合拢,不断地流出红色的口水,应该是又被她拔掉了牙齿。她还是这样,一点也没变。他叹了口气。可是他转念又想,如果她当真出来几日就变了,那么就说明别的男人可以改变她,只是他不行,难道他不会更加伤心吗?此时他又看到她拿起身旁早已准备好的一把扁平的刷子,然后蘸满了红色的夹竹桃汁水,刷在猫的身上。她又露出了快意的笑容。在猫的哀叫中她变得越来越欢喜。最后猫变成了紫红色。她把麻绳解下来,猫的身上尚有白色的花纹,这样看去像是一只瘦弱的斑马,紫红色斑马。他发现这只猫事实上已经没有能力逃走了。它的脚是瘸的,企图逃离却歪倒在地上。它的脖子上还有绳索,女孩抓起绳索就牵着猫走,猫根本无法站立,几乎是被硬生生地扯着脖子向前拉去,紫红色的猫奄奄一息。她走了一段,到旁边的桌子上取了自己的相机,喀嚓一下,给她的杰作留下了永久的纪念。

女孩并没有欺骗男人,她的确被几个比她大不了几岁的男孩房获,并关在这个园子里。可是他们对女孩并不坏,常来和女孩一起玩,给女孩抓来猫,采来夹竹桃,还给女孩买了新裙子。女孩在这里玩得亦是十分开心,并不急于离去。她漫不经心地等待着男人来"救"她。她对此应是十分有信心,她知道男人必然会来搭救她。

男人和那几个男孩见面。付了钱。领着女孩走。男人回身看到,那几个男孩把女孩玩剩下的猫投进了一口井。他听见咚的一声,并且可以想象,清澈的井水立刻和紫红色花汁混合……他看女孩,女孩若无其事地走在前面,对这声音毫无反应,而手里仍旧拿着相机到处拍。

他带女孩回家,生活照旧。

然而这只是一个开始。女孩开始不断地离家出走。每次都只是带着她的红鞋和照相机。他开始觉得这是她和她的母亲在气质上的某种暗合。如果她这亦可以算是对艺术不竭的追求的话,那么她的确有着孜孜不倦的探索精神。男人常常在清晨醒来,发现女孩已经不见。她也不再给他留下字条,但他知道她不久会来信。她仍旧是那种平淡的口吻,仍旧不会忘记和他做个游戏,不透露行迹,只是让他去寻找。每一次,他都只能收到一张照片。照片上是她的红鞋。或者在乳白色细腻的沙滩上放着,或者在一只雕塑前放着,或者根本毫无头绪,放在一个乱糟糟的集市里。他都要认真地看,耐心地去寻找。并且有时候亦会给他带来新的麻烦。她弄死了动物园价值连城的孔雀,要他去赔偿;她去赌钱,欠了大笔的债务……

男人唯有不断地接受任务。而他的杀手公司当然已经察觉他的衰老——他已经不适合再做一个杀手了。所以他们不再派发给他新的任务。可是他却不断索要,终于,他开始脱离他的杀手公司,直接上门去和雇主联络,他就这样开始抢杀手公司的生意。

他已经癫狂了,在他迫切需要找到她的时候。如此这般,他才可以得到足够的钱,这是他去找她的凭借。每次如是,他的怀里揣着装满钱的牛皮纸信封去找女孩。按照照片上的蛛丝马迹,宛如最高明的侦探破案那般地寻找。他在每次找到她的时候都感到精疲力竭,可是他看到的却是一个精神饱满,生气盎然的女孩。女孩必定过得还不坏,多数时候是和一些男人在一起,他们都很"照顾"她。不过她还是玩着自己的,沉湎于自己创造的游戏中。其实她的世界里根本没有别人,永远是她自己的自娱自乐。她带着她的相机,弄些越来越古怪的东西拍着。被拔掉浑身羽毛的死孔雀,身上插满孔雀毛的刺猬,裸身的男人排成队爬树。他每次历尽千辛万苦找到她,然后把她带回来,虽然他知道她很快又会跑出去,但是这个过程对于他而言依然重要。他现在的生活除了找寻她,还剩下些什么呢。

他格外珍惜她在家的几日。他喜欢每天都对着她。他再也不顾忌地看着她。她换衣服,她洗澡。

那日女孩看到他在看着自己洗澡,于是叫他进去。他和她同在狭促的浴室里。他那么近地看着女孩的胴体。他颤巍巍地伸出手,触碰那块伤疤。那是他在这女孩身上留下的印记,有它为证。他想也许这就是命定的安排,他给予了她这块差点要了她的命的伤疤,可是她回馈给他的是一种生生不息的牵引,他必将追随她,拿出自己所有的来给予她。他触摸到了那块伤疤,在那么多年后,它变得更加平顺光滑,像是一块放在手心里的肥皂一样温润。可也正像肥皂一般地从手心溜走。

他终于掉下眼泪来。

他知道自己的身体越来越糟糕,长途的奔波对于他几乎不再是可能的。他希望她不要再走。然而他又知道这对于她是不可能的。他想,当他带着女孩翻越那孤儿院的围墙的时候,就在心里暗暗地发誓,他要给她自由,至少,就算别的什么也不能给她,他至少会给她自由。所以他不会困住她,他愿意看她像花蝴蝶一样飞来飞去的样子,虽然这带给了他诸多痛苦。

那么,他想,就让他死在她的手里吧。这也许是最完美的结局。他本就是杀害她妈妈的凶手。他一直对她做的事情也许就是一场归还,那么,就让这归还彻底吧,他把命还给她。于是他对她说:

你知不知道,其实是我杀了你妈妈,你身上的伤口也是我开枪打的。男人终于鼓足勇气说。他到自己的房间取了枪给她:你可以杀死我,就现在。

女孩点点头:我知道,我记得。

男人愕然。男人问:你不恨我吗?为什么不报复我?

女孩淡淡地说:我要你做什么,你就做什么,报复你不是一件太容易的事情了吗?一点也不刺激。没有任何惊奇。我对于这样的事情不感兴趣。

这是多么可悲。她清楚一切,却连一点憎恶的感情亦不能给他。她一点感情也不肯给予,是这样的决绝。

男人哭着说:你杀死我吧,这样的折磨可以结束了。

女孩冷淡地摇摇头:可是我不想这么做。我对此不抱兴趣。她转身走了,落下男人拿着他的枪,跪在冰凉的地板上。

8

第二天她又不见了。

男人本是生了死念的。可是她的离去再次把他完全揪了起来。他必须再度找到她,因为她可能面对危险,她可能十分需要他。他不能就此撒手不管。而现在他只有等待。

这一次时间很长。男人等待的日子亦更加难挨。终于她寄来了一张照片:这一次红色的鞋子在一小堆雪上面。生生的红白颜色让人眼睛发痛。她又写到:我想办一个摄影展,大约需要六十万。希望你筹钱来找我。

男人坐在阳台抽烟,照片放在他的膝盖上面。他看着红鞋,红鞋像是一根纤细的线,从很久以前的光阴,一直扯到现在,一直这样延续。他似乎仍能分辨它上面斑驳的血迹。皮子已经布满裂痕,这鞋子和他一样,已经衰老了。

可是衰老的男人现在要筹集六十万,他需要算算,他必须杀几个人。他又开始抢杀手公司的生意,不断从中间阻断,以低廉的价格接下生意。他就是这样精疲力竭地做着,每一次,他都担心自己会失手。他觉得会有隆隆的一声,然后脑袋就像迸裂的花瓶碎片一样飞射出去。可是他必须记得,他的女孩还在等他去。她现在需要着他,这种需要是他一直渴求的,这种需要会在任何时刻令他像一只疯狂的陀螺一般转起来。

他一连杀了五个人。每一次都是那样的危险,他的手颤抖着,呼吸急促。每一次他都觉得自己要丧命了。可是他命令自己要好好干,她在等着自己。

在第五次的时候被杀手公司的人追上——他一直被追杀,杀手公司的人到处找寻他,派了那些年轻力壮的杀手——他挨了一枪,还是跑掉了。受伤的是右腿。现在他是衰老的,跛脚的杀手。他就这样一颠一颠地到处躲藏,可是同时还要找寻照片上有雪的地方。那应该是很高的山,终年有不融化的积雪。

他坐火车,坐长途车,不断颠簸,又一个秋天已经来了,他却仍穿着单薄的棉恤,有时候在车上沉沉地睡过去,就把一些废旧报纸盖在身上,翻身的时候发出喀嚓喀嚓的声音。生命的贫贱宛如破废的报纸下面遮掩的秽物。身上只有牛皮纸口袋装满了钱,却仍旧不够女孩要的数量。他应该再多去杀几个人才对。然而他已经不能再等了,他必须去找她。杀手对于自己的生命都有感知的,就像在赶一段白茫茫的路,而他此时仿佛已经看到了尽头。他知道看到了尽头也许应该慢下来,可是他没有,他还在那么紧迫地赶路,向着尽头。

身上除了钱之外还有她给他的那些照片。每一次她寄给他的照片都被他收起来,放在一起,随身带着。他拿出来翻看。都是红鞋,红鞋在无数个可以猜测或者根本无法可知的地方。他佩服自己的毅力,每一次,都找到了她。这也许来自那种无法言喻的牵引,他终究会被再次领到她的面前。有时候他确实已经无法分辨这红鞋的意义。他觉得他对这红鞋有一种十分深重的信赖。每一次红鞋照片的抵达,都像是给他开出一条路。这是活路,事实上。因着没有什么更能让他感到延续生命的重大意义。

时光就是这样抓着他的领子,带他来到了这里。女孩转眼已经十八岁。他坐在火车上,坐在长途车上,在寻找她的路途中,他回顾了和她共度的八年。他们一起生活了八年,他对于她,仍旧什么也不是。他多么渴望自己可以在她的生命里留下一个印记,可是他耗尽了全身力气仍是不行。连他要死亡她亦不能给他。

可是对于他的小仙女,他的女神,他又能有什么怨言。他很快抵达了有积雪的高山下。应该是这里。女孩应该在这里。他似乎已经闻到了那属于她的气味,一种让人无端跌入昏沉转而又会亢奋的迷香。他寻找每间盖在山脚和山腰的房子,直至他终于来到了山顶。在这漫长的行走中,他因为有腿疾,走路十分艰难。他看到女孩的时候,他自己是这样的狼狈。她正像最明艳的花朵一样地开放,可是他却已经宛若老人一般地衰弱。他看着她,觉得她明晃晃的,灼伤他的眼睛。

女孩用矮篱笆圈起一个小园子,雪被一簇一簇地堆起来,像是白色的坟冢。女孩在白色的雪堆上浇了各种颜色,那些雪堆宛如彩色的陀螺一样,红白相间,绿白相间。那么的好看。她又在雪堆上插满了白色骨头——无法可知那是什么动物的骨头,有大有小,有坚硬的脊骨也有柔软的肋骨。一定都细心擦拭过,那么白,像是一块一块贞节牌坊。女孩的确继承了她母亲的艺术家气质,她亦对浓郁的色彩有着深厚的迷恋。她还用鸡血在洁白的雪上写字,画画。地上放着脖子被拧掉的鸡,绝望的爪子深陷在积雪里。此刻女孩正在堆一个雪人,她把那些死鸡和另外一些死麻雀的身体都塞进雪人的肚子里。雪人看起来异常饱满,像是一尊受人尊敬仰慕的佛。而女孩穿着厚实的粉红色毛衣外套,连着帽子,脖子里塞着一条淡蓝色的围巾。牛仔裤,红色高靴子。手上还戴着一副毛茸茸的柠檬黄色手套。她的相机就背在身上,那是一个不知道装过多少惨怖场面的黑匣子。她看起来清纯亮丽,像是涉世未深的女中学生,带着稚气执著地玩着自己迷恋的游戏。

　　他盯着她看,如每次这般地,或者又从不相同地,看着她在新的创意中玩得畅快自足。他应该是满足的,他只要能看到她,那么就是足够的,这对他是再丰盛不过的粮食、水分和所有所有的生活必需品。他每次都因为再见到她而感动。他在栅栏外面,他们相隔不远。他听见缭绕在这山间的劲猛的风。他其实还听到了一些别的声音,比方说,从山下传来的急促的脚步声,可是他不去管它们,那于他有什么重要呢。他忽然想提起往事。

　　他想问她是否记得他从幼儿园带走她,背着她翻越围墙,她以为自己是在飞了,笑得那么欢畅。

他想问她是否记得他背着她坐长途的火车,他给她买樱桃买棉花糖买风车,她一直生活在他的背上,那曾是她最舒服的家。

他想问她是否记得他们住过三年的小镇上的家,他给她布置的红色小屋和买下的那么多的红色鞋子。她是否还记得他像个父亲像个主妇一般地在家给她做饭,他花那么多心力做好了她最爱的白色鱼汤。

他想问她是否记得他骑摩托车带她上学,他们经过海边大道,风是那么清爽,她把手放在他的腰上,那算不算一种依靠,那算不算?

他想问她是否记得他自她十五岁以来对她的每次寻找,他疲惫不堪杀了人,拿到钱,找到她,带她回家;她会不会记得每次看到他他的身上都有斑斑点点的血迹,而他的心力已经憔悴至极。

……

可是时间似乎已经不够了。他感到了一些迫近的东西。他已经没有时间凭吊那些往事。所以他只是把身体贴在栅栏上,对女孩说:

钱有些不够,我再去想办法,只是先来看看你。

女孩转脸来看他。她看到他是跛着脚的,脸上和身上有树枝划破的伤痕,伤口有的还在流着脓水。她仔细地看了看他,因为她觉得他越来越有她的模特的潜质了,像那些受伤的动物一样,带着有悖美感和温暖的残缺。于是她冲着他笑了一下:

这里美丽吗,你喜欢这里吗?

男人很感激女孩的微笑,他点点头:这里有那么厚的雪,很好看。

男人哆嗦着把钱拿出来,递上去。女孩就向他走过来。他感到愉快极了,女孩越走越近,像是归巢的小动物,一步步乖顺地走向他。

他虽然在大雪地里只穿着单衣亦感到温暖。他对着他可爱美丽的小动物露出最虔诚的微笑。

然后他们都听到枪声。砰砰砰。

枪声从男人的背后传来。砰。砰。砰。男人知道是追杀他的人，通常杀手们都是多虑的人，所以他们不会只给他一枪。是三枪，遽然飞进他的身体里，肉身和金属的结合，这是他从前常常施于别人的。他终于可以尽数体会。他手里还握着钱，却仰着脸倒了下去。

世界在他的眼睛里翻了个个儿，血汩汩流出来，混在雪里，像是某种能够刺激人食欲的甜品一般有着光鲜的颜色。他感到了自己的血的温度。那么温热。它们完全不是冷的。为什么要说杀手冷血，它们一点也不冷。他把自己的一只手按在伤口上，享受着血的热度。他最后终于得到了温暖，自己给自己的温暖。他的眼睛还没有合上，可以看到倒挂的世界。他看到自己额头上头发上的血，那血宛如萦萦的飞虫一般都在舞着，大片大片地接连在一起，他好像看到了无数只红鞋。他看到女孩满屋子的红鞋，都在走动，宛如一支骇人的部队。是的，女孩像是在无穷地分裂，一个变成两个，两个变成四个，她正在用惊人的力量填满整个世界。

一共来了三个年轻的杀手。中间的一个头领走过来，从男人半握的手中拿过那只装满钱的牛皮纸袋。

喂，那钱是我的。女孩叫了一声。三个人都回身去看女孩。他们看到一个稚气未脱的美貌少女的身边堆满了肢解的动物，拧断脖子的鸡，掏干净五脏的麻雀，还有鸡血写下的字，插满骨头的雪堆。她手上还拿着巨大的铲子，铲子上有慢慢凝结的动物的血液。因为有些冷,她的脸蛋冻红了,宛如一簇愈加旺盛的小火焰。

她看起来有不竭的热情和力气。此刻她向他们走过来,问他们要钱,仿佛根本没有看到刚才发生的枪杀。她是如此的镇定自若。

杀手头领微微一笑:美丽的小姐,你也许可以同我们一起闯出一番事业,我敢打赌,你会比我们这些男人做得还要棒。不知道你是否愿意和我们一起走呢?

女孩歪着头,认真地思索了片刻,说道:那会很有趣对吗?

杀手头领笑了:当然,刺激极了。

好吧。女孩说。

于是他们要一起走。忽然女孩说,你们等等。

她走到倒在地上的男人面前。她把男人单薄的棉衫脱掉,裤子也褪去。跛脚的男人满脸参差的胡子,赤裸的身体上有三个枪口,血液正从四面八方汇集。她看着,露出笑容,觉得他是绝好的模特。

她从身上取下相机。喀嚓。这是男人这一生的第一张照片。他终于作为一个标本式的角色,印进了她的底片里。这是他最后能给予她的,他的身体。

我们走吧。女孩心满意足地说。她抬起脚,非常自然地从男人的身上迈过去。男人尚且睁着的眼睛只能看到她的红鞋。那只红鞋从他的身上跨了过去。正像他一直记得的,他第一次看到她的时候,她从她妈妈的身上跨过去那样。

他横在她的脚下,像是一条隐约不见,细微得不值一提的小溪流。她跨越,离去,然后渐行渐远。